ティファニーで昼食を

ランチ刑事《デカ》の事件簿

七尾与史

ハルキ文庫

角川春樹事務所

ティファニーで昼食を

ランチ刑事《デカ》の事件簿

七尾与史

ハルキ文庫

角川春樹事務所

ティファニーで昼食を

ランチ刑事《デカ》の事件簿

目次・章タイトルデザイン：かがやひろし

Lunch at Tiffany's Contents

ティファニーで昼食を

～ランチ刑事《デカ》の事件簿～

第１章

犯罪者はカレーがお好き

Page 007

第２章

まさかまさかの特製ハンバーグ

Page 051

第３章

絶品ドリアは殺意がレシピ

Page 168

Illustration by Katogi Mari

Lunch at Tiffany's

＊

第1章　犯罪者はカレーがお好き

一月七日、木曜日。

今年は記録的な暖冬で例年より厚着をしなくても済んでいる。冬休みに友人と行くはずだったスキーも雪不足でキャンセルを余儀なくされた。とはいえ寒いのは苦手だ。

「女の子にとってランチは今日という日を生き抜く希望なんです」

國吉《くによし》まどかは警視庁室田《むろた》署の階段を駆け降りながら、先輩でありコンビを組む相棒でもある高橋竜太郎《たかはしりゅうたろう》に言った。

「どんだけ大げさなんだよ」

彼も後ろからついてくる。

「ランチを舐《な》めないでください。日本の経済はランチで回っているんですよ。私たちがこうやって仕事を頑張っているのもランチのためなんです。そう考えると東京の治安が守られているのもランチのおかげだわ」

「なるほど電車が走るのもエレベーターが動くのもランチのおかげというわけか」

「ザッツライトです」

まどかは足をさらに速めた。午前中の会議が長引いてしまったため、それだけ昼休みが削られてしまう。時計を見るとあと三十分もない。

「今日はどこに行くんだよ」

八つ年上の高橋は息を切らしながらついてくる。

「この時間だとポポロ食堂しかないですよね」

こんなことなら天昇屋《てんしょうや》で出前を取っておけばよかった。今からでは遅すぎる。

「イタリアンか。悪くないな」

「あ、ちょっと待ってくださいよ」

まどかは財布を取り出した。

「あった！　期限は来週までですよ」

「おお！　グッジョブ」

まどかが手にしているのはポポロ食堂の割引クーポン券だ。これを提示すれば二人まで三割引と飲み物無料のサービスが受けられる。

「それにしても相変わらず分厚い財布だな」

「といっても札束が入っているわけではありませんよ」

財布にはさまざまな店のクーポン券が収まっている。店はもちろん雑誌やインターネットからも入手したものだ。それらをフル活用すれば節約できるランチ代もバカにできない。

ポポロ食堂は室田署から徒歩で五分ほど。小走りなら三分ほどで到着できる。他にも店はあるが少し遠くなるので午後からの仕事に間に合わなくなる可能性が高い。

二人は室田署の玄関を出ると小走りで店に向かった。

今日はなににするかな。

定番のミートソースかワタリガニのトマトクリームパスタか、ポルチーニとパンチェッタのアーリオオーリオも捨てがたい。あの店はわずかに芯の残った麺の食感が絶妙である。ソースも悪くない。さらに美味《おい》しい店を他にも知っているがここからでは遠すぎる。

頭の中をパスタメニューが駆け巡る。こんな瞬間もワクワクする。

腹時計は先ほどから鳴りっぱなしだ。そうこうするうちに店が見えてきた。壁が白い漆《しっ》喰《くい》で塗り固められた地中海風の瀟洒《しょうしゃ》な建物だ。門の前に待っている客の列はない。

「ええっ！　マジっすか！」

まどかは店の扉の前で膝から崩れ落ちそうになった。

《店主、風邪のため本日は休業させていただきます》

と貼り紙がされている。頭の中でバッハの「トッカータとフーガニ短調」が流れた。

「希望を打ち砕かれたな」

「もうダメです……。今日という日を生き抜いていく自信がありません」

頭の中を駆け巡っていたパスタがひとつひとつ「絶望」という文字に姿を変えていく。

体中の力がホワンと抜けてしまったような気がした。

「食いしん坊のお前にとってこれほど残酷な仕打ちもないな。この世に神はいないのか」

高橋は大げさに十字を切った。

本当に神様を呪いたい気分だ。

「同情するならランチをくれぇ」

まどかは大きく大きく息を吐いて肩を落とした。もう他の店に立ち寄っている時間はない。味気のないコンビニ弁当で済ますしかないのか。しかしこの時間だとこの近くのコンビニも品切れを起こしていてレパートリーに乏しい。ポポロ食堂の店主まで呪いたくなった。

プロフェッショナルなんだから体調管理くらいきちんとしなさいよ！

「ランチなしの東京の治安も不安だな」

高橋がビルに周囲を切り取られた空を見上げながら言った。まどかの心情を反映しているかのようにどんよりと曇っている。天気予報では週末から冷えると伝えていた。

「なに暢気《のんき》なこと言っているんですか。私たちランチ難民ですよ」

「まさか都心で難民になるとは思わなかった」

高橋がおどけながら肩をすぼめる。

「こんなところで飢え死になんて嫌ですよ」

「とりあえず署に戻ろうか。コンビニ弁当が嫌ならあそこしかないだろ」

高橋は室田署の方向を指さした。

「あそこってもしかしてサツ食ですか」

室田署の地下には食堂がある。署員たちは「サツ食」と呼んでいた。一般にも開放されているので用事で署に立ち寄った市民たちも利用しているようだ。

「ランチ難民の最後の避難場所だ」

「でもあそこは休業しているんじゃ」

賃金をめぐった揉《も》め事《ごと》で調理人が一斉に離職したらしく、休業を余儀なくされたと聞いている。

「新しい調理人が入ったようで昨日から再開したらしいぞ」

「そうだったんですか。ぶっちゃけ、あそこは安かろう不味《まず》かろうなんですよねぇ」

何度か利用したことがあるが、そのたびに定食のクオリティに幻滅していた。あれならコンビニのサンドウィッチの方がマシである。それでも安く腹が膨れればいいという署員たちが利用していたので昼時はそれなりに混雑していた。

「スタッフが変わったからメニューも変わったかもしれないぞ」

「サツ食に期待なんてあり得ないでしょ」

まどかはぶつくさ言いながら署に戻った。エントランスホールには地下に通ずる階段がある。降り口には「警察食堂ティファニー」と電光看板が立っていて矢印が地下を差している。

「ティファニー⁉」

高橋がプッと吹き出す。前は「ムロタ」と室田署からつけられた店名だったはずだ。

「ヘップバーンの映画にあったよな」

「『ティファニーで朝食を』ですね」

「この場合、昼食だな。お洒落《しゃれ》なランチになりそうだ」

彼はほとんど棒読み口調だ。

「気分はすっかりイタリアンだったのに」

まどかは階段を降りながら言った。

「こんなところに希望があるかもしれないぞ」

高橋はパンドラの箱を開くように、「ティファニー」と面白味のないゴシック体のロゴシールが貼られた店の扉を開けた。

「どうぞ。レディファーストだ」

彼はグレゴリ・ペックのような気障《きざ》な仕草でまどかをエスコートした。店内はただの食堂だ。カフェテリアとかカフェダイニングとはほど遠く、ましてやティファニーと名乗るなど論外である。

窓のない殺風景な室内に年季の入った長テーブルと丸いすが置かれている。店内のレイアウトは以前のままだ。奥には色褪《いろあ》せた券売機が設置されている。二人は財布を取り出して券売機の前に立った。

「やっぱりメニューが前とは変わってるな」

「ていうか高っ！」

まどかはメニューボタンを見て目を丸くした。前はほとんど五百円前後だったのにいずれも倍かそれ以上の値段である。

「どうりで閑古鳥が鳴いているわけだな」

高橋は店内を見回した。まだ昼休みが終わってないのに客はまどかたちの他に四人だけだ。前だったらこの時間でもほとんどの席が埋まっていた。

「公共施設の食堂でこれはないですよね。この値段だったら外のお洒落なレストランに行きますよ」

「たしかに……。これで不味かったら犯罪だよな」

「不味くて高いランチではテンションだだ下がりですからね。午後からの仕事にも影響します。それって立派な公務執行妨害ですよ」

「お前は気に入らないことがあるとなんでもかんでも公務執行妨害だな」

「刑事の特権なんてそれくらいしかないじゃないですか」

高橋は愉快そうに笑った。まどかは言う。

「どうします？　今日のランチ」

「時間的にここで済ませるしかないだろう。午後の会議には遅刻できないぞ。本庁からお偉いさんが来る」

壁時計は昼休み終了の二十分前を指している。五分前にはここを出たいところだ。そうなるとあと十五分しかない。

「ですよね……」

まどかは厨房《ちゅうぼう》に視線を向けた。中では三人の白いコックコート姿の調理人が動き回っている。まどかは鍋の中をかき回している一人をそっと指さした。

「と、特注品ですよね、あのコックコート」

「どう見てもそうだな」

Y軸よりもX軸の方が広そうな、でっぷりを通り越した巨漢である。身長も百八十センチの高橋よりも高いだろう。顎の周りにたっぷりとついた肉が垂れ下がっていて首が見えない。肌つやから四十代といったところか。頭にはコック用の背の高い帽子を被《かぶ》っていた。

「あの横から見た姿、誰かに似てると思ったらヒッチコックだな」

「たしかに！」

『サイコ』や『鳥』で有名なサスペンスの巨匠、アルフレッド・ヒッチコック監督である。彼にコック帽子を被せたら体形がちょうどマッチする。鍋をかき回すたびに腹の肉が揺れているのがコックコートの上からでも分かる。今日明日にでも生活習慣病で亡くなっても不思議ではないほどの肥満ぶりで、もはやメタボどころではない。暴飲暴食していたにしてもそこまでに行き着く過程で気づけよと言いたくなってしまう。

二人の視線に気づいたのか男は手を止めて重そうな瞼《まぶた》を上げ、こちらに目を向けた。

「券売機で食券を買ってくれ」

「リニューアルオープンしてから初めてなんだ。オススメのメニューはなに？」

高橋は気さくな態度でヒッチコックに尋ねた。リニューアルといっても店内はなんら代わり映えしないが。

「あんたはなにが食いたいんだ？　肉か魚か」

「どちらかといえば肉かな」

「だったら豚の生姜焼《しょうがや》きがオススメだ」

男性は券売機の上のスイッチを指さした。

「なんだよ。全然普通じゃないか」

ぶつくさ言いながらも高橋は言われたとおりに選んだ。

「じゃあ、私も生姜焼きにしちゃおうかな」

消費税込みで一三五〇円は高すぎる。とはいえランチ抜きではハードな午後を乗り越えられそうにない。まどかは舌打ちしながらスイッチを押して食券を調理人に差し出した。

彼の胸には「古着屋《ふるぎや》護《まもる》」と打たれたネームプレートが留められていた。

古着屋……変わった名字ね。

まどかはセルフサービスのコップ二つに氷と水を入れて長テーブルに着いた。他の四人の客たちも料理がくるのを待っている。間もなく他の店員が彼らに料理を運んできた。厨房の方からはジュワーと肉を焼く音と煙が流れてくる。古着屋はフライパンの上で肉を丁寧にひっくり返していた。

「國吉が刑事課に配属されてからそろそろ一年だな」

高橋はコップに口をつけながら言った。

「つまり高橋さんとコンビを組んでから一年ってことですよ。早いですね」

「お前とのランチで鍛えられて、俺もすっかりグルメになった。おかげさまでいろんな店を覚えたよ」

思えばこの一年、上司であり相棒でもある彼を昼休みには引っ張り回していた。

「だって刑事なんてやってると楽しみはランチくらいしかないじゃないですか」

「まあ、若い女子には過酷な仕事だよな。どうして刑事になろうなんて思ったんだ」

「亡くなったおじいちゃんが刑事だったんです。なにかとおじいちゃんに反抗的だった父親は違う道に進みましたけどね」

まどかの父親は銀行員である。娘が警察官になると聞いて最初は猛反対したが、それでもまどかの熱意が父親の心に響いたようだ。最終的には認めてくれたし、今では警察官である娘のことを誇りにすら思っているようだ。そのときすでに病室生活だった祖父は、初めての制服姿の孫を見てにっこりと微笑《ほほえ》むと間もなく息を引き取った。

「お前のじいさんもランチ刑事《デカ》だったのかな」

「おばあちゃんから聞いたんですけど、おじいちゃんも定食屋には詳しかったらしいですよ」

「わははは、血は争えないな」

高橋は手を叩《たた》いて笑っている。

「高橋さんこそなんで刑事なんかになろうと思ったんですか」

コンビを組んでから一年経《た》つのにこんな話題になるのは初めてのことだ。彼のプライベートのことは案外知らない。

「公務員なら給料も悪くないし安定していると思ってな。それに子供のころは『あぶ刑事《デカ》』とか刑事ドラマが好きでよく見ていたから憧れていたというのもある。実際なってみるとこんな地味な仕事もないよな。ドンパチもないしさ」

「言えてますね。まさか仕事の大半が書類業務だなんて思いもしなかったですよ」

刑事の仕事はドラマのイメージとは大きく違い、現場での捜査よりはるかに書類作成などの雑務が多い。まどかは特に書類業務が苦手である。

「それにしてもガツガツしてるな。見ろよ」

高橋が声を潜めて言った。

まどかは他の客たちをそっと眺めた。彼らは定食を一心不乱といった様子で食べている。近くに座っている制服姿の中年男性はおもむろに空になった皿を取り上げた。

「ちょ、ちょっとはしたないですよね」

男性はいきなり皿をペロペロと舐めだした。うっすらと残っていたソースがきれいに消えていく。

「犬みたいだな」

他の客たちも食事の手を止めて男性を見つめている。しかしどこか落ち着かない表情だ。

「嘘《うそ》っ⁉」

次の瞬間、思いがけない光景を眼《め》にした。

他の客たちも意を決したように皿を持ち上げると同じように舐め始めたのだ。一人は指でソースをすくいながらその指を舐め回している。まるで理性を失ったように恥も外聞かなぐり捨てて、わき目も振らずに舐めている。

「皿洗いしなくても良さそうなほどだな」

隣の男性はソースがきれいに落ちているのになおも貪るように舐めていた。

気がつけば若い店員がまどかたちの近くに立っていた。彼はテーブルの上に料理の並んだプレートを置いた。

「お待ちどおさまでした」

「やっと来たか」

高橋は卓上の割り箸を取ると口を使って二つに割った。

まどかはいつものようにまずは料理を観察する。千円を超えるのに量は少なめだ。一目でコスパは極めて悪いと言わざるを得ない。

プラスティック製の二つのお椀《わん》にはそれぞれご飯と味噌汁《みそしる》がよそわれている。大皿にはメインディッシュである生姜焼きと山盛りの千切りされたキャベツ。すこし焦げ目がついた豚肉の表面をところどころギラギラした肉汁が流れるように滑り落ちている。さらにそのあとを追いかけるようにソースが滴っていた。食欲をそそる香りが鼻腔《びこう》をくすぐり、いつの間にか口の中に唾液が広がっている。

 まどかは手を合わせていただきますをする。食前の感謝の儀式は祖父に厳しくしつけられてきた。それを見た高橋も慌てた様子でまどかに倣う。

 割り箸を割るとさっそく豚肉をつまんでみる。束の間香りを楽しんでからおもむろに口の中に入れた。しゃくりとした歯触りがした瞬間、肉汁が口の中にふわりと広がった。食感にわずかに遅れて味覚が刺激されていく。

「すごい……芳醇な味と食感が舌の上でダンスしてるみたい」

「相変わらずグルメ評論家みたいなこと言うんだな」

 いつもだったら苦笑の一つでも見せる高橋だが、今は真剣な表情で咀嚼している。彼の唇の脇から肉汁が滲み出ていた。

 それから二人は一切の会話を止めた。

 キャベツと肉を口の中につっこんで湯気の立つ真っ白なご飯を頬張る。ジューシーな肉汁と米の甘味が絶妙にマッチしながら舌の上でとろけていく。

 肉以上にご飯が美味い!

 これを調理した人間はメインの肉で勝負していない。ご飯の温かみ、柔らかさ。まるで計算されたような温感と食感が口の中にある全ての旨味を引き立てているような気がしてならない。

 それらが口の中に残っているのに、まどかははやる気持ちで味噌汁の入ったお椀に口をつけた。

なんなのよ、これは……。

お椀の中にはいっているであろう、味噌、砂糖、煮干しや昆布だし、葱《ねぎ》に大根、そして豆腐。だしが命だ、コクは味噌だ、隠し味は砂糖に任せろと、味噌汁を構成する役者たちはことさらにアピールすることなく互いに控え目に寄り添っている。味の本質を追おうとすればするほど歯と歯の間からするっと抜けるように逃げ出してしまう。目を閉じて耳を潜めて舌に神経を集中。追いかければ追いかけるほど深みにはまってしまう。

もう、この汁に舌を委ねてみよう。

どぶの泥のような色の味噌も砂のようにすりつぶされた豆の食感もただひたすらに愛《いと》おしい。いつまでもこの感覚に身を委ねていたい。

肉もキャベツもご飯も味噌汁もあっという間に消えていく。高橋を見ると彼もちょうど食べ終わったところだ。彼は飢えたハンターのように瞳をぎらつかせている。

まどかは激しい性欲に似た食欲に自分が支配されているのを感じた。

ああ、まだまだ物足りない！

まどかはソースと汁で汚れた皿を見つめる。唇の周りに付着したソースを舌ですくいとる。

高橋が咳払《せきばら》いをした。彼も同じように唇を舐めていた。

彼と目が合う。その瞳はさらにぎらつきを増していた。彼はニコリと微笑んでうなずいた。

それから高橋は皿を持ち上げると舌を突き出してものすごい勢いで舐め始めた。その姿はまるで皿を犯しているようにさえ見えた。

まどかは指でソースをすくった。一舐めするともう止まらない。何度も何度もすくってはソースの付着した指を口の中に入れる。

ああ、もどかしい！

まどかも皿を持ち上げた。そして一心不乱に皿を舐めだした。味が薄くなってもソースの残滓《ざんし》を求めて舌を動かした。

「おい、國吉」

高橋の呼びかけで我に返る。皿は洗い立てのように光っていた。皿にもお椀にも何も残っていない。

「やだ、私ったら……」

皿をテーブルに置いて手のひらを頬につけた。頬がじんわりと熱くなっている。

「なんなんだ、あの料理人は」

高橋と一緒にまどかは厨房を見た。

古着屋がソースを舐めて納得いかないように頭を横に振っている。

こんなに私たちを虜《とりこ》にしたソースなのに……。

まどかは舌に残った味の余韻を消したくなくて水を口にしなかった。それはどうやら高橋も同じのようだ。他の客たちはすでにいない。食べることに夢中で彼らが出て行ったことにすら気づかなかった。

「ただ者ではないですよ。料理の世界のことは分からないけど、きっとどこか有名なホテルとか三つ星レストランのコックだったんじゃないですか」

「そんなスゴいヤツがどうしてこんなサツ食にいるんだよ。とはいえ、俺もいろんなところで生姜焼き定食を食ってきたが、これだけは断言できる。ここの生姜焼きは日本、いや全世界……もとい、銀河系一だ」

高橋は力強く断言した。

「地球以外に生姜焼き定食があるのかどうか分かりませんけど概《おおむ》ね同感です」

時間とお金に余裕があるのならおかわりをしたいところだ。少なめだったのでこの物足りなさが憎らしいほどである。それすらも古着屋は計算しているのではないかと思えてしまう。

「そろそろ行かないとまずいぞ」

「そうですね」

二人は手を合わせてごちそうさまでしたをすると立ち上がった。客は二人だけだ。トレーと食器を「返却コーナー」に運んでから出口に向かう。若い店員が「ありがとうございました」と声をかけてそれらを洗い場に移動させた。

「古着屋さん！」

店の出口で立ち止まると高橋は厨房に向かって呼びかけた。彼は仕事の手を止めて眩《まぶ》しそうに目を細めてこちらを見た。

「美味かったよ」

「そうか……」

古着屋は素っ気なく応えると客に興味を失ったように仕事に戻った。

「あの人間嫌いな感じ、絶対にパリとかニューヨークなんかの有名店の凄腕《すごうで》ですよ。だって場末の食堂であんなコック帽なんて普通しないでしょう」

店を出てエントランスホールに通ずる階段を上がる。

「だったらどうしてそんな凄腕がサツ食なんかでくすぶってんだよ」

「凄腕すぎて職場になじめなかったんですよ。シェフの嫉妬を買って追い出されたんです。人間不信に陥った彼は流しのコックとしてレストランや食堂を転々としている。お高くとまったセレブ客なんかより、ささやかな幸せを喜ぶ庶民の舌を楽しませることに幸福や生きがいを見出《みいだ》した。どうです？」

「どっかで読んだことがある下町人情グルメの漫画みたいだ。まるで推理になってないぞ。それにしてもあの風体はインパクトがあるよな」

「どうします？　明日のランチ」

「もう明日のランチの心配かよ」

高橋の呆《あき》れたような口調。

「サツ食にしますか？」

「そうしたいところだが……値段がなあ」

たしかにランチで千円超えは厳しい。毎日のことなので、できたら税込みで七百円くらいには抑えたいところだ。

「私、残業を増やしてもらおうかな」

「はあ？　ランチのために残業かよ」

「いけませんか。あの店の他のメニューも食べてみたいんですよ」

「まあ、気持ちは分かるけどな。ボーナス入ったら一週間くらい通ってもいいかな」

「はぁ、お金持ちの彼氏とかできないかな。そしたら毎日ご馳走《ちそう》してもらうのに」

「だったらあのオッサンとつき合っちゃえばいいじゃないか。朝昼晩と彼の手料理が楽しめるぞ」

「おお！　その発想はなかったですよ」

「マジかよ」

いや、さすがにそれは……ないかな。

とりあえず頬をパンパンと叩いて気合いを入れた。

午後の仕事も全力でぶつかろう。


一月十二日、火曜日。

薄暗い殺風景な部屋でまどかは事務デスクを挟んで中年男性と対峙《たいじ》していた。

村田左千夫《むらたさちお》という四十代前半の男だ。彼の三白眼を見つめていると目の奥が痛くなってくる。一瞬だけ視線を外して相手の右手を見ると小指が短くなっていた。以前は地元の暴力団に所属していた元ヤクザである。

「子供のオモチャのために店員を恫喝《どうかつ》するなんていい年齢《とし》をして恥ずかしくないんですか」

「だから脅しじゃねえと言ってんだろ。いち社会人として接客のなってない店員に注意しただけだよ」

「ただの注意で警察沙汰になりますかね。先方は明らかに身の危険を感じたと訴えてますよ」

「それは感じ方の違いじゃないのか。俺はこんな顔をしているし声もドスが利いているからそう思われたんだろ」

たしかに村田はヤクザを辞めたとはいえ、かたぎの顔をしていない。頬を横切る傷のある、いわゆるスカーフェイスだし、口調も声も威圧的である。まどかですら萎縮しそうになってしまう。それでも気力をふりしぼって彼と向き合っている。

まどかの言う子供のオモチャとは今日発売されたテレビゲーム機である。大人気商品で製造が間に合わず品薄になると事前に噂《うわさ》されていた。まどかも欲しいと思っているがショップには並べないので当日入手は諦めている。次回入荷は未定だそうなので手に入るのがいつになるのか分からない。

「それにしても十台も買い占めようなんて非常識ですよ」

村田はそのことでゲーム機を販売する家電量販店の店員とトラブルになった。販売台数に制限をかけていることに怒号と恫喝的口調で嚙《か》みついたのだ。震え上がった店長らは警察に通報したというわけである。

「金はちゃんと払うつもりなんだ。なにをいくつ買おうと俺の勝手じゃないのか」

「それはそうですけど、お小遣いを貯《た》めてきた子供さんたちが買えなくなっちゃうじゃないですか」

「今のガキどもには我慢というものを教えてやった方がいい。そもそもゲームなんてやってるから人生はリセットできるもんだと勘違いするんだ」

「だからといって十台も買い占めなんて不自然です。あなた、転売するつもりなんでしょう」

大人気のゲーム機やスマートフォンといった製品は予約が殺到するので当日入手が困難になる。そこでそれらを定価の何倍もの値段をふっかけて売ろうとする輩《やから》たちが存在する。転売屋と呼ばれる人種だ。転売目的で入手した物品を売却し営業を行う者は古物営業法に規定された許可を受ける必要がある。

「転売？　なんのことだ。あくまで俺自身が欲しいから買うまでだ」

村田は明らかにシラを切っている。

「いやいや、一人で十台も必要だなんておかしいでしょう」

「誰が一人だと言った。知り合いや親戚の子供たちへのプレゼント用だよ」

そう言われると返す言葉が見つからない。明らかに転売目的であることを認めさせなければつけいる隙がない。

「違法性はないんだから俺がここに留《とど》まる理由はないよな」

村田が立ち上がろうとする。

「ちょっと！　まだ話は終わってませんよ」

まどかも腰を上げて相手を引き留めた。

彼を引き留める本当の目的は転売の追及ではない。別件について切り出すタイミングを計っているところなのだ。

背後からゴホンと咳払いが聞こえた。先輩であり相棒の高橋だ。二十七歳のまどかは巡査、高橋は三十五歳でまどかより一つ上の階級である巡査部長。二人揃《そろ》って独身である。

「あんたらいいカップルだな。できてんのか？」

高橋を見た村田がニヤリと笑った。

「そ、そんなわけないでしょ……なにアホらしいこと言ってるんですか」

「おっと、動揺したな。ま、あんたら美男美女だし。室田署のお巡りさんはフリーセックスを謳歌《おうか》しているんだな。市民の税金で実に羨ましいこった」

「ちょ、ちょっと……公務執行妨害で逮捕しますよ」

思わずまどかは立ち上がって、決めゼリフとともに人差し指を突きつけた。

「これのどこが公務執行妨害なんだよ」

村田は不敵な笑みを浮かべながらまどかを見上げた。

「おい、國吉！」

背後から高橋が声をかけてくる。まどかは深呼吸をすると気を取り直して腰を下ろした。

「ふん、まだまだ半人前の刑事さんなんだな。大学出たてのお嬢ちゃんじゃ無理もないか」

村田は鼻で笑った。

「これでも二十七歳です。お嬢ちゃんではありません」

「ほぉ、見かけによらず年食ってんだな。まあ、若く……というより幼く見えるのかね」

いちいち小馬鹿にするような口調にカチンとくるがこらえた。ここでいつも感情的になってしまい高橋との選手交代を余儀なくされる。今日はなんとしてでも自分だけの力でこのチンピラを落としたい。いつまでもまどかを子供扱いする藤沢健吾《ふじさわけんご》課長に大見得を切ってきたのだ。

「三十過ぎに見られるよりはずっとマシよ」

「でもなぁ、二十代にも見えるが四十代にも見えるぞ」

「なんですか、その両極端は」

「幼い顔をしたおばちゃんって感じなんだよな」

「お、おばちゃんって……」

思わず鏡を探してしまう。

ここは室田署一階の奥にある取調室。あいにく鏡は置いてない。

「休みもないんだろ。疲れた顔をしてるぞ」

「休暇はちゃんと取ってますよ」

そうは言うものの殺人などの凶悪事件が起これば捜査本部が立ってそちらに拘束されるし、日常も書類業務で忙殺されている。非番の日はもっぱらベッドの中に籠もっている。

「彼氏はいるのか。可愛《かわい》い顔してるからいるんだろうな」

「幼いおばちゃんって言ったばかりじゃないですか」

「それもまたツボなんだよ。モデルみたいな不自然に整った顔よりもあんたみたいな方が親近感が湧くのさ。ぶっちゃけ俺は嫌いじゃないぜ」

そう言われてまんざらでもない気分だった。だけどこの男は断じてタイプでない。

「彼氏はもちろんいましたよ」

「過去形かよ。彼氏いない歴はどのくらいなんだ？」

「ええっと……あれは十二月だったから」

まどかは天井を見上げて指折り数えた。

「三年と一ヶ月ですね」

「相手はどんなヤツだった？」

村田はわずかに身を乗り出した。

「証券マンですよ。お互い忙しくてすれ違いが多くて、なんとなくピリオドが打たれたって感じですね」

当時は彼のマンションに同棲《どうせい》していたが、帰宅してもどちらかが不在だったので顔を合わせることがほとんどなかった。

「それは切ないな。そいつとは今でも会ってたりするのか」

「たまぁに……といっても年に二、三回くらい呑《の》みに行く程度です」

「それでよりが戻るなんてことはないのか」

村田は手を組み合わせてその上に顎を乗せた。

「ないない。近況報告止まりですよ」

まどかは手を左右に振った。村田が心配そうにこちらを見つめている。

「よりを戻したいと思わなかったのか」

「それを思わなかったと言えば嘘になりますけど、今となっては実現はあり得ませんね」

まどかは両肩をすぼめて苦笑した。

「どうして？　そこで諦めたら試合終了だぞ」

「それ以前に終了しちゃってたんですよ。最近彼から結婚の報告が届いたんです。相手は私の親友ですよ」

「あちゃ〜、それは目も当てられないな」

村田は片方の掌《てのひら》を顔に当てた。

「結婚式には出席したのか」

「しましたよ。一応親友の結婚式ですから。ご祝儀三万円は痛かったですけどね」

「ショックだったろうな」

「そりゃショックですよ。披露宴の二次会で知ったんですけど二人のつき合いは四年って言うじゃないですか」

まどかは村田の顔の前に四本の指を突き出した。

「四年？　計算が合わないじゃないか」

「そうなんですよぉ。最低十一ヶ月は二股掛けられていたわけです。親友はそれを承知でつき合っていたんですよ」

なにも知らないまどかは、元カレとの破局危機についてその親友に相談していた。彼女は心の中で舌を出しながら聞いていたのだ。それを思うと腹の中が熱くなってくる。

「確信的な略奪か。なかなか狡猾《こうかつ》なお友達だな。そいつとは今はどうしてる？」

「友人でいられるわけないじゃないですか。今では音信不通ですよ」

「だろうな。痛い恋愛をしたんだ。今度こそいい男が見つかるといいな」

村田の目つきから先ほどまでの険が薄らいでいる。

「そんな人に出逢《であ》えるんですかね」

「婚活とかしてないのか」

「仕事が忙しくてなかなか時間がないんですよね。たまに友人から合コンの誘いが回ってくるんですけど、そういうときに限って事件が起きて呼び出しを食らっちゃったりするんですよ」

インターネットの婚活サイトにも登録しているが上手くいったためしがない。そもそも刑事というだけで男たちに引かれることも多い。

「公務員といっても楽じゃないんだな」

村田は同情的な視線を向けた。

「そうですよ。公務員は高給で安定していて楽でいいよなとか言われるし、たしかにそういう部署もあるかもしれないけど、うちは全然違いますから。最近は独居老人の孤独死の実況検分が多くて……ご遺体に向き合うのって辛いんですよ」

そのご遺体も腐乱していたり猫やネズミに囓《かじ》られていたりして原形を留めていないことが多い。あの臭いは何度立ち会っても慣れることはない。

「若い女の子にはきっつい仕事だな。だけど健気《けなげ》に実直に頑張っているあんたは実に可愛らしい。絶対いい彼氏が見つかると思うぜ。俺の知り合いにレートのいいカジノバーを経営している独身の青年実業家がいるんだが紹介してやろうか」

「レートのいいカジノバーって……百パー違法じゃないですか」

換金が伴うカジノは違法である。

村田は口を手で押さえた。

「あ、今のはナシな。あんたはどんなのが好みなんだ」

「そうですねぇ……嵐組《あらしぐみ》の神田《かんだ》くんとか」

嵐組の神田くんはトップアイドルグループのメンバーの中で一、二を争う人気者だ。日本人なら知らない人はいないだろうと思うほどに露出度が高い。はたして村田も認知していた。

「ヘラヘラしたあんな薄っぺらそうな兄ちゃんが好みなのか」

「可愛いじゃないですか」

「あんた、男の趣味悪いな。可愛いとか優しいなんてのは男が女に求めるポイントだ」

「それって男女差別ですよ。女の子が男の子に可愛さを求めてなにがいけないんですか」

「そんなんだから世の中、ひょろい男ばかりになっちゃうんだよ。女を食わせるために命がけになれる。それがオトコってもんだろう。俺の言うオトコってのはこう書くんだ」

村田は虚空に指先で「漢」と書いた。根は熱血らしい。もっともそういうタイプは暑苦しくて苦手である。

「私の好みなんだからしょうがないじゃないですか」

「嵐組か……。だったら汚れを知らない純情なホストはどうだ。その店では人気ナンバーワンだし神田くんに似てないこともないぞ」

「いやいや、汚れを知らない純情にホストなんて務まらないでしょう。もうちょっとまともな男子を紹介してくださいよ」

「案外、うるさいんだな」

「真っ当な社会人がいいですよ。公務員とか上場企業勤務とか」

「刑事が職業差別をしていいのか。それはともかくあんた、趣味とかあるのか」

突然、話題を変えてきた。

なんの話をしているんだっけ？

「食べ歩きですね」

背後で高橋の鼻を鳴らす音が聞こえた。

「いわゆるグルメか」

「ランチには結構うるさいんですよ。料理はからきしダメですけどね」

本当は料理学校に通いたいと思っているのだが、今はそんな時間も体力もない。できたら次のパートナーは料理ができる男性を希望したい。突然、脳裏に古着屋の顔が浮かんだので思わず振り払う。

「実は俺も結構なグルメなんだぜ。料理も得意だしな」

「あなたが？　とてもそうは見えないわ」

まどかは肩をすくめた。料理ができてもさすがにこの男はＮＧだ。

「おふくろがレストランをやっていたんだよ」

「へえ。どんな店だったんですか」

「洋食屋だ。『グリル村田』って店でここのすぐ近くにあった。知らないだろうな」

まどかはコクリとうなずいた。聞いたことのない店名だ。ここら界隈《かいわい》のご飯屋さんはすべて網羅しているはずである。

「お母様は今はどうされているんですか」

「おふくろは二十年前に亡くなったよ。俺を女手一つで育ててくれてな。俺は見ての通りのワルだったから苦労ばかりをかけてきた。あんたも両親は大切にしな。孝行したいときに親はなしっていうが、その通りだぜ」

村田はしんみりとした様子でため息をついた。店は母親の死と同時に閉店となったという。二十年前なら地元民でないまどかが知るはずもない。室田署に配属されたのは二年前のことだ。最初は交通課だった。

「そのお店は美味しかったんですか」

「俺にとってはおふくろの味だからな。だけど繁盛はしてなかった。むしろ閑古鳥が鳴いていたな。客には受けてなかったんだろう」

村田は残念そうに首を横に振った。

「でも母親の味って子供にとっては最高のご馳走ですよ。私も今でも母の作るカレーが一番好きです」

「俺のおふくろもカレーをよく作っていたな。なんだかよく分からんが隠し味を使っていて他とはちょっと違う味がしたんだ。なんとも不可思議な味だったたな」

「そういうのってありますよね。私の母親は梅干しを使ってました。細かく刻んで見た目には分からないようにしていたんです。なんというか……複雑な酸味でしたね。でも母のカレーが一番好きです」

まどかの両親は健在で静岡県の掛川市に住んでいる。まどかはその街で生まれ育った。中小都市だが掛川駅には一応新幹線が止まる。上京したのは大学からだ。まどかは明治大学に進学した。思えば校舎から近い神保町もカレーライスで有名な街だ。学生時代は古書店を冷やかしながらいろんなカレー専門店に通ったことを思い出す。無類のカレー好きなのだ。

「それはともかく、男を紹介してくれるんじゃないんですか」

まどかは村田に顔を近づけた。

「國吉、ちょっといいか」

高橋に腕を引っぱられながら廊下に出る。

「な、なんですか」

「なんですか、じゃないだろ。なに恋愛相談で盛り上がってんだよ」

長身の彼は腕を組みながらまどかを見下ろす。

「見た目より話しやすい相手だったのでつい……」

まどかは頭を掻《か》きながら高橋を見た。

村田が二人のことを美男美女と言っていたが、自分はともかく高橋はイケメンの部類に間違いなく入る。すっと通った鼻筋に切れ長の目がクールな雰囲気を漂わせている。着やせするタイプで脱ぐとすごいんだと、彼と一緒にジムのサウナに入った同僚の男性刑事が言っていた。以前チンピラ同士のケンカの仲裁に入ったときには、言うことを聞かない彼らを投げ飛ばして無力化していた。これで彼女がいないというのだから同性愛を疑いたくなる。

「……ていうか、てっきり相手の気持ちをほぐす戦術だと思っていたんだが、本当にただの恋バナだったのかよ」

「す、すいません」

「お前が課長にやらせてくれって言ったんだろ。ちゃんと仕事しろよ」

まどかは目を伏せた。ついつい流れで自分の恋バナを始めてしまうのは悪い癖だ。とはいえもちろん尋問であることは忘れていない。ただ相手が聞き上手だったために恋バナに乗っかってしまっただけだ。恋バナとは聞いてもらいたいのではなく、純粋に話したいものなんだと思う。ちなみに他人の恋バナを聞くのは超がつくほどに苦手だ。刑事らしからぬ、本当に悪い癖だと思う。

「もう大丈夫です」

「本当に大丈夫か。大丈夫じゃなかったら交代するぞ」

「大丈夫ですってば」

まどかは口調を強めた。高橋とコンビを組んでそろそろ一年。いつまでもお荷物ではいられない。だがまだまだ彼はそう扱っている。

「転売の話はもう充分だ。やつをここに引っぱってきた本来の目的はそれじゃないだろ」

「分かってます。拳銃《ハジキ》の隠し場所を聞き出すんですよね」

高橋が大きくうなずいた。

先月、大橋《おおはし》組の幹部が射殺されるという事件が起こった。容疑者は逃走中で現在全国に指名手配されている。その人物が犯行に使った凶器を知人に託したという情報が入った。それは幾人かの人物を経由して、最終的に元暴力団員だった村田左千夫に辿《たど》り着いたのではないかというあやふやな証言を得たのだ。そこで管轄である室田署は数日間にわたって村田をマークした。そして今日、テレビゲーム機を販売する家電量販店で恫喝騒動を起こした彼を引っぱってきたというわけである。もちろん拳銃の隠し場所を聴取するためである。その役割は刑事課の高橋・國吉コンビに託された。

「なんとか上手いこと凶器の隠し場所に話を誘導しろ」

「了解です」

まどかは気を引き締めて高橋に敬礼をした。彼は不安そうにうなずいた。

頬を叩いて深呼吸をすると取調室の扉を開いて中に入った。腰掛けて再び村田と向き合う。

「はっきり言えよ。俺をしょっ引いてきたのは転売云々《うんぬん》じゃないんだろ。別件だよな」

「えっ……」

思いがけず村田に出鼻を挫《くじ》かれてしまいまどかは言葉を詰まらせた。

「そんなことで俺みたいな小物をいつまでも引き留めようとするわけがないだろ。あんたら警察のやり口は多少は分かってるつもりだ」

村田は瞳に警戒の色を浮かべている。

「それならはっきりさせてやる。先月起こった大橋組の幹部射殺事件のことだ」

まどかがまごついているうちに背後に立っていた高橋が声をかけた。

「撃ったのは俺じゃないぞ。その日だったらアリバイがある」

「お前が実行犯でないのは把握している。問題は凶器だ」

「それを俺が隠しているとでも言いたいのか」

「信頼できる筋からの情報だ。お前さんの知り合いかもしれないぞ」

それはまったくのハッタリだ。情報源は実に不確実で曖昧なものである。正直言って拳銃を隠しているのが本当に村田なのか、警察としては確信が持てないでいる。

「村田。ここで正直に白状しておいた方が罪が軽くなるぞ。おそらくお前は騒動に巻き込まれただけなんだろう。そこまでする義理だって本当はないんじゃないのか」

しかし高橋のハッタリは村田の心境になんらかの変化をもたらしたようだ。彼の表情から不敵な笑みがスッと消えた。そしてまどかに顔を近づける。タバコの臭いが鼻腔をついた。

「だったらカレーを食わせろ」

「はぁ？」

まどかと高橋の間抜けな声が重なった。

「カレーだよ、カレー。腹が減ったんだ」

「お前、警察をバカにしてんのか」

高橋が声を尖《とが》らせる。

「刑事ドラマで取調室といえばカツ丼ですよね」

まどかが言うと村田は舌打ちをして、

「俺はカツ丼は好きじゃないんだ。あの衣の脂が苦手なんだよ」

と顔をしかめた。

「そういう問題じゃないだろ」

高橋が眉間に皺《しわ》を寄せた。

「天昇屋さんのカツ丼は美味しいですよ」

天昇屋は室田署の隣の隣に建つ出前専門の店である。まどかだけでなく他の署員たちも昼食に利用しているようだ。あの衣のサクサクとした歯触りと肉汁がわき出てくるようなジューシーな食感は一口ごとに幸せを嚙みしめているような気分になる。ここはソースカツ丼が名物で、甘さと辛さが絶妙にからみ合ったソースが絶品だ。困ったことにあれを口にすると食欲が増進されていつもより食べ過ぎてしまう。考えるだけでよだれが出てくるし空腹になってくる。ダイエットを意識している女性には鬼門である。まどかも室田署に配属されてからまもなく二キロほど体重が増えたが、それ以来落ちてない。

高橋は時計を見た。

「そうか、もう昼か。天昇屋はカレーもやっていたよな」

高橋が小声で尋ねてきた。まどかの腹がぎゅるりと音を立てる。腹時計は相変わらず正確だ。

「ええ。だけどあの店のカレーは今ひとつですね。やっぱりあそこはカツ丼ですよ」

「カツはいいんですけど、カレーならいいんじゃないのか」

まどかも一度カレーライスを注文したことがあるが、あのルーならレトルトの方がマシだと思ったほどである。あそこの店は明らかにカレーに力を入れていない。手抜きと言ってもいいレベルである。

「おい、その天昇とかいう店のカレーは止《や》めてくれよ」

二人の会話が聞こえたのか村田が口を挟んだ。

「いい気になるんじゃねえよ。それともなんだ。カレーをご馳走すれば凶器の隠し場所を白状するとでも言うのか」

高橋がデスクの上に両手を置いて顔を村田に向けた。

「それもカレー次第だな。絶品を食わせてくれたら考えなくもないぜ。お嬢ちゃん、グルメなんだろう。それだったらカレーの美味い店を知っているんじゃないのか」

彼は椅子の背もたれに背中を押し当てると愉快そうに言った。

「こいつ、調子に乗りやがって……」

高橋はデスクに拳を叩きつけた。村田は臆する様子もない。

「どうします？」

高橋のハッタリに村田は微妙ながらも変化を見せている。もう少し時間をかければ落ちるかもしれない。

「最近は便宜供与とかうるさいが……。カレーで時間を稼いで引き留めながら話を聞き出すしかないな」

高橋は村田に聞こえぬよう、まどかの耳元でささやいた。まどかも同意見だ。

「分かりました、村田さん。カレーライスをご馳走しましょう。もし満足したら凶器の隠し場所を教えてくださいよ」

まどかはあらためて相手に告げた。村田は片方の口角をつり上げた。

「俺がハジキを隠したとは言ってないがな。まあ、カレーは楽しみにしているよ」

「絶対に約束ですからね」

まどかは立ち上がると高橋を伴って部屋を出た。


それから三十分後。

まどかは再び、村田と向き合っていた。

「早かったじゃないか。絶品カレーの手配の目処《めど》はついたのか」

「ええ。カレーを注文してきました。ここから一番近くのお店です」

「ほぉ、室田町にそんな店があるとはな。知らなかったぜ」

「室田町はグルメの町なんですよ」

町内には安くて美味しい店が案外多い。この署に配属されてそれを知ったとき、なんて幸せな職場だろうと小躍りしたものだ。毎日ランチが楽しみでしかたがない。そのために生きていると言っても過言でない。

「おまちどおさん」

取調室の扉が開いて男性が入ってきた。

「な、なんだよ、このオッサンは」

村田は男性を見て目を丸くした。彼は白いコックコートとコック帽を着用している。村田はその巨漢ぶりに驚いたようだ。男性ははたして古着屋だった。

「あんたのための特別レシピだよ。これ食ったらさっさと隠し場所を吐いちまいなよ」

彼はカレーライスが盛られた皿をテーブルの上に三人分置きながら村田に言った。

「ああ、あんたのカレーが本当に絶品ならな」

村田が愉快そうに言った。

まどかも高橋もついでに注文しておいた。その際に古着屋には取り調べのいきさつと、村田が絶品カレーと認めれば凶器の隠し場所を教える旨のやりとりを交わしたこともそれとなく告げた。古着屋は村田のプロフィールを尋ねてきた。まどかは取り調べの中で知り得た村田に関する情報を伝えた。そのときはどうしてそんなことを聞くんだろうと不思議に思った。

「皿は店に戻してくれよ」

古着屋はさっさと部屋を出て行った。

「なんだ、ぶっきらぼうなデブだな。あんな男が絶品カレーなんて作ることができるのか」

「ええ。彼は私の知る限り、最高の料理人です。あなたを満足させるカレーを作ることができるのは彼しかいません」

「ほぉ、それは期待が膨らむな。ちなみに俺はカレーには相当うるさいぞ」

「こちらも自信がありますよ」

あの日からまどかのランチは毎日ティファニーだ。高橋は財布が厳しいからと脱落したが、本当はティファニーのランチを食べたいと思っているようだ。選ぶ料理を変えているが毎回皿を舐め回してしまう。あの衝動は止めることができない。他の客たちも同じように古着屋の料理に狂っている。あそこにいると人間としての理性を失うのだ。それこそ動物と化してしまう。

ティファニーのカレーはまだ試したことがないが、まず間違いないだろう。村田に絶品カレーの要求を突きつけられたとき真っ先に思いついたのがティファニーだし、それ以外にないと確信していた。

「それではいただきます」

まどかも高橋も手を合わせた。村田も二人に倣った。

見た目は普通のカレーだ。香りも特段変わったところはない。いつものティファニーならこの時点で食欲を刺激されるのだが、今回はそうでもなかった。しかし村田は神妙な顔つきで料理を見つめている。

まどかは湯気がほんのりと立つライスにルーを混ぜてみた。そしてスプーンですくって一口味わってみる。

「な、なんなのよ、これ……」

いつもと違う衝撃がまどかの口の中で広がった。高橋を見ると彼も眉をひそめながら首を傾《かし》げている。

辛味を抑えた少し変わった味ではある。しかし問題はそこではない。

美味しいと思えないのだ。むしろ不味い方かもしれない。

これならむしろファーストフード店の方がずっとマシである。

なんてこと……。

大きな失望に襲われてまどかは椅子から転げ落ちそうになった。

これではとても村田を満足させることができない。

美味しくないが変わった味。絶品どころか珍品だ。

まどかはスプーンを皿の上に置いた。これ以上、とても口にする気分になれない。一人分で千円もしたのに。それでもティファニーの中では安い方である。なのに千円を出す価値なんて微塵《みじん》もない。三百円でも払いたいと思えない。村田の分は高橋と二人で負担することにした。自分のと合わせて千五百円をどぶに捨てたようなものだ。

まどかはため息をつきながら鬱屈した気分で村田を見る。彼もスプーンを止めていた。

しかし様子がおかしい。スプーンを握ったまま顔を伏せて両肩を震わせている。

泣いている?

そして村田はようやくカレーライスを口に含んだ。モゴモゴと口を動かしながらまどかを見る。彼の目は真っ赤に充血して涙で濡《ぬ》れそぼっていた。

「俺ってなにやってんだろうなあ」

村田は咀嚼しながら声を震わせた。

「どうしたんですか」

「おふくろに迷惑ばかりかけていつも泣かせてさ。本当は真っ当に生きようと何度も思ったんだ。だけど悪い知り合いたちがそれを許さない。おふくろが早くに逝っちまったのも気苦労が多かったせいだ。親戚の連中にも言われたよ。『お前が母親を殺したんだ』ってな。本当にその通りだ」

村田はそのままカレーライスを一気にかき込んだ。両頬をパンパンに膨らませながら涙を拭っている。

な、なにが起こっているのよ?

まどかは村田が落ち着くのを待った。

「ハジキの隠し場所を教えてやるよ」

料理を平らげた彼が晴れ晴れとした表情で真っ直ぐな眼差《まなざ》しを向けて言った。

な、なんで？　こんなに不味かったのにどうして？

それから彼は隠し場所を告げた。閉鎖された雑居ビルのトイレの中に隠してあると言う。

高橋はすぐに現場に向かった。


まどかと高橋はティファニーにいた。店内の長テーブルに座って今度は古着屋と向かい合っていた。

時刻は午後五時半。店はすでに閉まっていた。

「村田の証言した場所から凶器が見つかりました」

「そうか。それはよかったな」

古着屋は興味なさそうに言った。表情も変わらない。思えばこの表情しか見たことがない。

「あのレシピは特別だと言ってましたよね。正直あまり美味しくなかったです」

まどかは恐る恐る正直な感想を伝えた。

「そりゃそうだろう。あんなレシピで美味いカレーが出来るはずがない。隠し味にスッポンのエキスを使っているんだがその配分が実によろしくない」

「スッポンですか！　どうりで変わった味がしたわけだ」

「ちなみに市販品だよ。これだ」

古着屋は小瓶を置いた。「スッポンぽん」という名前の商品。七尾《ななお》商会という会社が製造販売している。調味料としては定番商品なのでこのすぐ近くのスーパーで売っているという。たしかによく見かけるラベルである。

村田の様子が変わったのは明らかにそのカレーを口にしてからだ。

そこでふいにひらめいたようにピンとくるものがあった。

「もしかしてあのレシピは『グリル村田』のものではないですか」

まどかが言うと古着屋は一瞬だけ口角を上げた。彼が表情を変えるところを初めて見た。

「さあな。レシピは料理人にとって命より大切な企業秘密だ。教えるわけにはいかないね。悪いけどもう帰らせてもらう。今夜は『ドS刑事《デカ》』のスペシャルドラマがあるからな」

そう言って古着屋は立ち上がる。そして重そうな体を揺らしながら厨房の奥の方に消えていった。

まどかも高橋と一緒に店を出た。

「國吉、いったいどういうことなんだ」

高橋が不思議そうな顔をして尋ねてきた。

「古着屋さんはきっと絶対味覚の持ち主なんですよ」

「絶対味覚？　なんだ、そりゃ」

「絶対音感みたいな舌の感覚ですかね」

「ああ、音を聞くだけで楽譜にできるとかいうやつか。有名ピアニストとかそうらしいな」

「彼のそれは味覚にあるんです。料理を口にするとすべてのレシピとその分量や配分を言い当ててしまう。そして一度口にした料理は決して忘れない」

「なるほど。つまり古着屋は村田の母親の料理を再現した、それでやつは母親のことを思い出して感傷に溺れたと」

まどかは大きくうなずいた。村田は本当の悪人ではない。まどかの恋バナだって真面目に聞いてくれた。真っ当に人生を歩んで母親を安心させてやりたいと望んでいたのだ。しかし境遇がそれを許さなかった。母親が気苦労で寿命を削ったことを心の奥底から悔やんでいたのだ。その思いが「おふくろの味」で奮い起こされた。

「私は注文する際に村田のプロフィールを伝えました。そのとき彼の母親が経営していた『グリル村田』のことも話したんです。それで母親のカレーを再現したのでしょう」

古着屋の舌は隠し味に使われていたスッポンのエキスを見抜いていた。それも商品名まで。

「つまり古着屋は過去に『グリル村田』でカレーを食ったことがあるというわけか」

「それは間違いないでしょう。そうでなければ村田は泣きませんよ。ましてや隠し場所だって教える気にはならなかったでしょう」

　グリル村田は二十年前に閉店したと言っていた。その頃に古着屋はこの界隈で生活していた、もしくはここが彼の地元なのかもしれない。

「それにしてもあんなカレーで千円は高いと思わないか」

「今回はお手柄だから安いものじゃないですか」

「経費で認めてほしいなあ」

「それはさすがに無理でしょうね。警視総監賞なんていらないから、ティファニー一年分のお食事券が欲しいです」

「お前は正真正銘、警視庁随一のグルメ刑事だな」

「おじいちゃんの血ですよ」

　階段を上りきった先、エントランスホールに二人の笑い声が響いた。

Lunch at Tiffany's

＊

第2章　まさかまさかの特製ハンバーグ

二月十日、水曜日。

室田署のエントランスロビー。

制服姿の警官や各種手続きのために訪れる市民たちが行き交っている。警察署ということもあってか出入りする市民たちの多くはどことなく緊張した面持ちだ。

そんな彼らを眺めているまどかの腹がぎゅるりと鳴った。

「相変わらずお前の腹は正確だな。電波時計でも内蔵してるんじゃないのか」

高橋が呆《あき》れとも苦笑ともつかぬ表情で腕時計を見た。まどかの腹と同時に正午を伝える電子音が鳴っていた。

「これぱかりは子供のころからでして。我ながら特異体質ですね」

「警視庁随一のランチ刑事《デカ》の面目躍如だ。それにしちゃあ朝の遅刻が多いけどな」

高橋の指摘はごもっともだ。

「『午後から本気出す！』が國吉家の家訓ですから」

「食べたら眠くなるくせにな」

「それって正常な人間の生理現象ですよ」

まどかは週一くらいのペースで朝寝坊してしまう。それで何度も藤沢健吾課長から大目玉を食らっていた。昔から朝は弱いのだ。

「それで、今日のランチはどうするんだ」

まどかの腹時計を合図に高橋がいつものように尋ねてくる。

♪ムーン・リバ〜

まどかは「ムーン・リバー」の冒頭の一小節を口ずさんだ。まどかが大好きな映画『ティファニーで朝食を』の主題歌である。作詞ジョニー・マーサー、作曲ヘンリー・マンシーニ。ちなみに映画では主演のオードリー・ヘップバーンが歌っている。この映画、DVDを持っているし何度も何度も鑑賞している。

もっともこのかけあいの場合、朝食ではなく昼食なのだが。

「ティファニーか。行く気マンマンなんだけど、お値段がなぁ、お値段がなぁ〜」

高橋が階段の降り口前に立てられた看板をポンポンと叩《たた》きながら情けない声で言った。そこには面白味もない角ゴシック体で「ティファニー」と店名が書かれている。店名の上には小さく「警察食堂」とあった。

「だって一週間ぶりじゃないですか」

ここのところ外回りが続いたのでランチは出先近辺の店だった。ネットで綿密に下調べをしてあるものの当たり外れの差が大きい。

「サツ食のくせにそこらへんのランチよりずっと高いよな」

室田署界隈《かいわい》のレストランやカフェ、定食屋のランチ相場は七百円から八百円だ。しかし我らがティファニーでは千円を下回るメニューがほとんどない。さすがに毎日のランチで千円超えはお財布的に厳しいものがある。

「でも数日も口にしないと恋しくなるんですよね」

ムーン・リバーのフレーズを聴くだけで口の中に唾液が溢《あふ》れそうになる。ほとんどパブロフの犬だ。

「同感だ。それはそうとクチコミで客足が伸びているらしいぞ。昨日、覗《のぞ》いてみたら満席だった」

インターネットの有名グルメサイト「食べファイル」でも五つ星がついていた。警察署内の食堂ということもあって普通の店のように客が押し寄せることはないようだ。もっとも客の行列が玄関外まで続くなんて事態になれば警察業務にも支障を来《きた》してしまう。

「味だけはお値段以上ですからね」

とはいえあのお世辞にもオシャレとはいえない、薄汚れて雑然とした地下食堂は大きな減点要素である。まるで取調べ室をそのまま広くしたような内装だ。さらに料理の盛りつけもまさに安食堂のそれで、色気もなにもあったものではない。食器もせめて陶器というならともかく、安っぽいプラスティック製だ。

ティファニーなんてオシャレすぎる店名の由来を店主に問い詰めたい。

どこがティファニーなのよ！

「ああ、行くべきか行かざるべきかそれが問題だ」

「シェイクスピアばりに悩むようなことですかね。行きたかったら行く！　私も高橋さんも今日明日死ぬかもしれないんですよ」

まどかは一本指を立てた。

「そ、そうだな。今日、殉職なんてしようもんなら間違いなく未練が残るよな」

高橋が顔を輝かせた。

「ティファニーに私たちの地縛霊が取憑《とりつ》くことになるんですよ」

「そんなんで成仏できないなんてシャレにならん」

地縛霊になっても「さっさと成仏してこい！」と課長にどやされそうだ。

「だったら行くしかないっしょ！」

二人は目を合せてうなずくと地下に続く階段を降りていった。

看板と同じデザインの店名の入った扉を開くと、シュールな光景が目に飛び込んできた。

「うわぁ、動物園みたいですね」

「動物だってもう少し上品だぞ」

「でも私たちも他人のことをとやかく言えないですよ」

「たしかにな」

テーブルは大方客で埋まっている。署員は二割くらいでほとんどが一般市民である。男女比は半々、年齢は十代から老人までバラバラだ。

その誰もが人間性、理性を失っていた。

彼らは、以前まどかたちがしたように一心不乱に皿を舐《な》め回していた。返却口に置いてある食器は洗ってもいないのにきれいになっている。

厨房《ちゅうぼう》ではコックコートを纏《まと》った古着屋護が黙々と仕事をしていた。調理台と調理器に挟まれた通路になんとか収まる巨体のわりに、その動きにまるで無駄がない。包丁さばきも鍋振りも映画のワンシーンになりそうなほど絵になっている。その姿を見ているだけで食欲を刺激されてしまう。

「食べファイルの効果か。席が空いてないなあ……」

高橋が店内を見回している。開店当初は閑古鳥が鳴いていたのに。クチコミというのはバカにできない。そのうち行列ができてしまうかもしれない。

「あそこが空きますよ」

まどかは一組の男女が立った席を指さした。彼らが離れるタイミングですかさず席を確保する。同じ長テーブルでは向かいも隣も客たちがティファニーの料理に舌鼓を打っている。

……なんてもんじゃない。隣の若い女性は生姜焼《しょうがや》きの豚肉を手づかみで食べながら、ソースで汚れた指をチュウチュウと吸っている。その隣の彼氏と思《おぼ》しき男性もそんな彼女に目もくれず皿を舐めていた。

これが初デートだったらどうなってしまうのかしら。

今気づいたのだが、客たちは食事に夢中で一切会話をしていない。食器同士がぶつかる音とソースや汁を啜《すす》ったり舐めたりする音だけが聞こえてくる。

まどかと高橋は椅子に荷物を置いて財布を取り出すと券売機に向かう。

「今日はなににするんだ？」

まどかは壁に掲げられたメニューを眺めた。大きめの模造紙にマジックペンで書き込まれて画鋲《がびょう》で留められている。もう少しデザインに凝ればいいと思うのになんとも味気ない。味は銀河系レベルなのにホスピタリティはマグカップレベルで、絶望的にもほどがある。もう少しなんとかならないものか。

「あっ！」

メニューを眺めながら何気なく財布を振っていたら足下で金属音がした。小銭入れのファスナーが開いていたようで何枚かの小銭が床に散らばってしまった。

「なにやってんだよ」

まどかと一緒に高橋も身を屈《かが》めて小銭を拾ってくれた。

「この、気まぐれコースってなんなんですかね」

券売機の一番下の端っこに位置するボタンに妙に小さな文字で書かれている。身を屈めないと気づきにくい……というか誰も気づかないだろう。高橋も顔を上げてそれに注目した。

「二千八百円だと！」

彼は拾った小銭をまどかに返しながら目を丸くした。

「た、高いですね」

まどかはゴクリと喉を鳴らした。

「このプライスはもはやサツ食とはいえないだろ。ジョエル・ロブションじゃないんだぞ」

「あそこはもうちょっとしますってば」

まどかは苦笑いを向けた。何年か前に元カレに一度だけつれて行ってもらったことがある。割り勘だったけど。

「それにしても気まぐれコースってなにを食わせるつもりなんだろうな」

「あのヒッチコックですからね。ただの料理じゃないと思いますよ」

二人の間では古着屋のことをヒッチコックと呼んでいる。特に横顔は瓜《うり》二つといってもいい。あちらはサスペンスの巨匠だがこちらは料理の巨匠……だとまどかは思っている。

「くそぉ、めっちゃ気になるなあ」

高橋はなにやら真剣な表情で財布のお札と小銭を数えている。

「ちょっとしたディナー価格ですよね」

「二千九百四十一円か。ギリギリ足りてるな」

「財布に三千円も入ってないなんて。社会人ですか」

「うるさい。お前はどうなんだよ」

「五千円札が入ってますよ」

「セ、セレブだな」

「そうですかねぇ」

仕事帰りにシューズを買おうと思って銀行から下ろしておいたのだ。もっともコースを食べたらシューズは諦めざるを得なくなるが。

「ど、どうせ俺は殉職するんだからな！」

高橋はお金を券売機に投入しながら投げやり気味に言った。この期に及んでためらっているのか手が震えている。見た目はシャープでクールなのに案外、決断力に欠けるところがある。そのくせゲームセンターのＵＦＯキャッチャーでお気に入りのキャラクターフィギュア一つを獲得するために一万円を投じてしまったりする。この人のバランス感覚は理解できない。

「きっと銃撃戦で流れ弾に当たっちゃうんですよ。高橋さんってそういうタイプだと思います」

「そんなのカッコ悪すぎだろ」

食券を取り出しながら高橋は人差し指を左右に振った。

「だったらどんな死に様がいいんですか」

「やっぱり松田優作だろ。チンピラに撃たれて、自分の血を見て『なんじゃあ、こりゃあ！』と絶叫するんだよ」

「それってどういうシチュエーションなんですか」

「お前はジーパン刑事を知らないのか！」

それから彼は『太陽にほえろ！』という刑事ドラマについて熱っぽく語った。まどかもタイトルは知っているが観《み》たことがない。なんでも主要メンバーたちが殉職していくシーンが目玉の一つであるらしい。それにしても所轄の刑事課で頻繁に殉職が起こったら大変である。そもそもそんな所轄に配属されたくない。まどかも高橋も射撃訓練は受けているがホルスターから拳銃を抜いたことは一度もないし、この先あるとも思えない。

「同僚の人たちはきっと香典貧乏ですね」

「それは言えてるな」

高橋は呵々《かか》と笑いながら食券をカウンターに置いた。まどかも「お願いします」と声をかけて同じように置く。近くの料理台で仕事をしていた古着屋は二人を一瞥《いちべつ》するとニコリともせずに食券を回収した。相変わらずの無愛想ぶりだ。

「相変わらずもてなしの心に欠けているなあ。こっちは殉職覚悟で二千八百円も出しているんだぞ」

高橋は不満そうに唇を尖《とが》らせると席に戻った。

「殉職覚悟って……。それはともかくいったいどんな料理が出てくるんですかね」

「コースっていうくらいだからオードブル、メイン、デザートだろう」

厨房では古着屋が巨体を屈めながらなにやら作業をしている。その手には見たこともない調理器具が握られていた。彼の姿を他の調理人たちも遠目から眺めている。

それから十分ほど経《た》っただろうか。皿を手にした古着屋がまどかたちの席に大きな体を揺らしながら近づいてきた。

「フォアグラのソテーだ。そのまま箸で食べてくれればいい」

彼はテーブルの上に料理が載せられたプラスティック製の皿を置いた。それを見てまどかは呆気《あつけ》にとられた。

「ちょ、ちょっと待ってくれ」

さすがに高橋もテーブルから離れようとする古着屋を呼び止めた。彼は振り返って高橋を見つめた。

「どうかしたか」

「どうかしたかじゃないだろう。なんだよ、これは？」

高橋は料理を指さして声を尖らせた。古着屋はそんな相手を意にも介さない様子だ。

「フォアグラのソテーと言っただろう。あんたはフォアグラを知らない家庭で育ったのか」

「バカにすんな。フォアグラくらい食ったことがある。だから聞いてんだ。これのどこがフォアグラなんだよ」

フォアグラは強制的に肥育したガチョウの肥大した肝臓だ。トリュフ、キャビアとともに世界三大珍味と称される。そんなことはもちろんまどかも知っているし、そもそも大好物だ。先日も非番の日に日本橋の店でフォアグラ丼を堪能したばかりである。財布には優しくなかったけど。

いま皿の上に載っている料理はフォアグラとは似ても似つかぬ一品だった。

「まるで寒天みたい」

まどかは見た目通りの言葉をつぶやいた。薄く褐色がかった半透明のそれは箸でつつくとプルンプルンと弾性を伴った揺れ方をする。表面をじっと観察してみると内部には茶色の粒々が点在している。匂いを嗅ぐとたしかにフォアグラらしい、ほのかな肉汁の匂いがした。

「文句は食べてみてから言ってくれ」

古着屋はそう言い残して厨房に戻っていった。そして次の料理の準備を始めている。

「なんなんだよ、これは」

高橋は眉をひそめながら箸で寒天状のそれを切り分けると、おもむろに口の中に入れた。

「どうですか」

まどかは大きく目を見開いている彼に声をかけた。

「マジかよ……これは本当にフォアグラだ」

「ホントですか」

まどかも同じように口にしてみた。見た目は寒天だが口の中に入れるとフワリと綿菓子のように溶けた。生温かいそれは唾液と混じり合い口の中に広がる。

「フォアグラですよ！」

思わず声を上げてしまった。しかし周囲の客たちは自分たちの食事に夢中で気にしていない様子だ。

「それもかなり上物のフォアグラだ。こんな美味《うま》いフォアグラは食ったことがない」

「濃厚な味。オードブルがフォアグラなんて何気に贅沢《ぜいたく》ですよね」

それから二人はあっという間に半透明のそれを平らげてしまった。

「それにしたってどうしてあんな寒天がフォアグラの味になるんだ」

高橋は空になった皿を見つめながら首を捻《ひね》った。

「これはきっと分子料理ですね」

「分子料理？　聞いたことないぞ」

「サイエンステクノロジーで作る料理といったところですかね」

以前見たフランス映画に分子料理が出ていた。シェフが他店の偵察に客として潜り込んだら、出された分子料理があまりに斜め上すぎて仰天するという内容だった。その映画のパンフレットに分子料理についての解説が掲載されていたのだ。

実際、この料理も実に斜め上である。

「まあ、たしかに料理って化学の実験に似たところはあるよな」

「例えば亜酸化窒素で食材を泡状のムースにするエスプーマという技法があるじゃないですか。あれなんかもそうですよね」

「エスプーマは知ってるぞ。スタバでもホイップクリームを作るときに使われているよな」

「ラーメンやデザートにも応用されてますよ」

寒天状のフォアグラを作るプロセスにおいてエスプーマが使われたのかどうかは分からないが、とにかく今までに見たことがない料理だ。見た目からは、フォアグラの味になるなんて想像もつかない。それどころか高橋の言うようにかなり上質なフォアグラである。まろやかで濃厚な肉汁が弾けるように口の中に広がった。やわらかくなめらかな舌触りだ。もちろんソテーというだけあって焼き物独特の香ばしさも伴っていた。見た目からは想像もできない。

「次はなにがくるのかな」

高橋は箸を握ったままソワソワと落ち着かない。それはまどかも同じだ。経験上、一品目が美味《おい》しい料理店のコースは最後のデザートまで美味しい。逆に一品目がダメならその先はまず期待できない。コース料理は一品目で勝負が決まっていると言っても過言ではない。その期待を、気まぐれコースの一品目は高い水準でクリアしているといえる。この先がもう楽しみでしかたがない。

それから数分ほどして再び古着屋が厨房から出てきた。彼は二人の前にそれぞれ小皿を置いた。

「温泉卵だ。といっても見た目がそうなだけで中身はまるで別物だけどな」

素っ気なく言い残してまたも厨房に戻っていく。せっかく給仕もしているのだからもう少し料理の説明をしてほしいと思ったが、ここはサツ食であることを思い出した。

「卵じゃないって、どう見ても卵だよな」

「ですよね」

箸でつつくと半熟の白身がプルンと揺れた。

前はどう見てもフォアグラじゃないのにフォアグラだった。今度はどう見ても温泉卵なのに卵じゃないという。

まどかは白身に箸の先を入れてみた。液状の黄身がどろりとあふれ出てきた。二つに切り分けて片方を口の中に入れてみる。

「美味しい！」

なめらかな白身と濃い黄身が舌の上でからみ合っている。なんとも上品な食感である。

黄身がほのかに甘い。

この甘さは……？

「たしかに美味いけどやっぱり卵だよな」

いつの間にか高橋は小皿に付着した黄身のソースを愛《いと》おしそうに舐めていた。

「この黄身はおそらくカボチャだと思います」

「カボチャ？　ああ、たしかにそんな甘さを感じたな。白身はどうなんだ」

「たぶん豆乳かなんかを使っていると思います。どうやったのかは分からないけど白身も黄身も半熟状に固めたんでしょうね」

「だとしたらすごい技術だな。一切卵を使っていないのなら卵アレルギーやベジタリアンの人だって食べることができる」

「たしかにそうですよね」

二品目にして感心を通り越してのサプライズだ。

「一本取られたって感じだな」

高橋が悔しそうにしていると古着屋が三品目を運んできた。今度はステンレスのフォークも一緒だ。

「ティファニー特製タリアテッレ・ア・ラ・カルボナーラだ。そのまま飲み込まないで良く嚙《か》んで食べてくれ」

「こ、これがカルボナーラ？」

色気のないプラスティック製の皿には、およそパスタとは思えない料理が載っていた。

「こういうのはふつうトコロテンと呼ぶよな」

と高橋がひとりごちる。その頃には古着屋は厨房に戻っていた。

半透明でカラフルなジュレでできた麵が皿の上でとぐろを巻いていた。タリアテッレだけに麵は麵でも少し幅広だ。顔を近づけてじっと観察してみると麵の中でジュレが流動している。まるで顕微鏡で覗いた赤血球のように色のついた小さな球体がジュレと一緒に流れていた。どことなく有機的、生物的で、きれいというより不気味でもある。

二人はフォークに巻きつけて口に運んだ。

「気まぐれコースって……気まぐれにもほどがありますよ！」

まどかは口の中に入れた瞬間、笑い出しそうになった。

味は紛れもなくカルボナーラだ。それも今まで食べたカルボナーラの中でもダントツである。麺はジュレだがその中のカラフルな球体が旨味の成分なのだろう。麺を嚙み切ると中のエキスが切り口から飛び出てくる。芳醇《ほうじゅん》なまろみに口腔内《こうこうない》が支配される。ジュレにもかかわらず麺の硬さもわずかに芯が残っていて歯触りが絶妙だ。目をつぶって食べれば普通に上質のカルボナーラだと思うだろう。

「恐るべし分子料理。このテクノロジーを駆使すればどんな味だって生み出すことができるんじゃないか」

高橋はすっかり料理に心酔したようだ。

それからも古着屋は次々と料理を運んできた。

ロブスターのカプチーノ、ブロッコリーのクスクス、イカスミのパエリア、コウイカのラヴィオリなどなど。

いずれもおよそ見たことのない、もはや悪趣味ともいえる色彩や、悪意すら感じさせる盛り付けだった。それでも料理の独創性や意外性に翻弄されっぱなしだ。それらはとろけたり弾《はじ》けたり霧消したり、味覚だけでなく五感がもはやビジー状態で、口の中でなにが起こっているのかすら分からない。なのに止められない。いつまでもこの旨味に寄り添っていたいと思うほどだ。

今まで食べてきたランチの常識を根底から覆されるような衝撃を覚えている。

「これは一気に噛み砕いてくれ。そうしないと火傷《やけど》する」

「ま、マジですか」

差し出されたデザートは液体窒素を使ったチョコレートケーキで、口にすると蒸気機関車のように唇の隙間や鼻から白い煙が吹き出てきた。

いずれの料理もサプライズだけに留まらない美味があった。いつものように味覚に圧倒されながら気がつけば恥じらいも忘れて皿を舐め回していた。もっともここでは他の客たちも同じことをしているので気にしないで済む。

最後に見た目も匂いも水以外のなにものでもない液体の入ったコップが出てきたが、口に含んでみると味は濃厚なエスプレッソコーヒーだった。強い苦味がデザートの甘味を洗い流してくれる。

「だけどさ、普通にコーヒー出せばよくね？」

「こういうサプライズが分子料理の真骨頂なんですよ。とにかく楽しいじゃないですか」

「たしかに楽しいな。二千八百円の価値は充分すぎるほどにあったな」

「同感です」

二人して無色透明のエスプレッソを飲み干す。まるでまどかの好みを知悉《ちしつ》しているかのような甘さと苦味のバランスだった。

こうしてティファニーの饗宴《きょうえん》は終わった。

「ふぅ、今回はお腹《なか》にたまりましたね」

まどかは腹をさすった。いつものティファニーは量的に物足りない。しかし今日は一品一品が少ないとはいえ十品以上あった。

「コースだったし時間をかけたからな」

時計を見ると初めの料理が出てから一時間が経過していた。昼休みは過ぎているが午後は比較的楽な業務なので、多少遅れて戻っても大目に見てもらえる。そうでなければコースを堪能することができなかっただろう。食事もたっぷりと時間をかければ量以上の満腹感が得られる。

「それにしてもビックリだ。世の中にこんな料理があるとは。ここまでくるとマジックショーだな」

「ええ……そうですね」

「お前、いつもヒッチコックを見てるんだな。もっとも他の店でも厨房ばかりを気にしてるよな」

高橋に指摘されて慌てて視線を彼に戻した。たしかに気がつけば意識が厨房に向いてしまう。料理人たちの仕事ぶりに見入ってしまうのだ。

「私、料理以上に料理人に興味があるんですよね。美味しいものは大好きだけど、それ以上に美味しいものを作る料理人に関心があるんです」

まどかは美味しいものをできる限り美味しく食べたいと思っている。全身全霊で美味しい料理を味わっている自分の姿を料理人に見てもらいたい。それが彼らに対する最高のリスペクトの表し方ではないかと思っている——そんなことを高橋に熱く語った。

「もはやいっぱしのランチ評論家だな」

「警視庁随一のランチ刑事ですから」

「ただの食いしん坊とも言うが」

二人のテーブルに心地よい笑いが流れた。

「エル・ブリだな」

突然、テーブルの向かいに座っている男性が言った。

五十代半ばといったところか。小太りだが凝ったデザインのメガネと茶色のコーデュロイのジャケットが洒脱《しゃだつ》である。どことなく文化人を思わせる理知的な顔立ちだがメガネの向こうに光る眼光は鋭かった。彼の前にある皿もまた、洗い立てのようにきれいになっている。他の客たちと同じように舐め回したのだろう。そういえば先日もここで見かけたことのある男性だ。常連だろうか。

——あれ？　どこかで見たことがあるような……。

記憶を探ってみるも思い出せない。

「それって超有名なミシュラン三つ星のレストランですよね」

まどかが声をかけるとニコリと微笑《ほほえ》んで男性はうなずいた。

「お前、知ってるのか」

高橋が少し驚いたような様子でまどかを見た。

エル・ブリ。たしかEl Bulliと表記する。

「スペインにあるお店なんですよ。生きているうちに一回くらいは行けるといいんですけどね」

このレストランのバックヤードを密着取材したドキュメンタリー映画を先日観たばかりだ。まどかは食べ物が出てくる映画やドラマを好んで鑑賞する。

「スペインかよ。そりゃまた遠いな」

「バルセロナから車で二時間ほど走るとロザスという高級リゾート地がある。そこから西にさらに七キロ進むとカラ・モンジョイという風光明媚《めいび》な入り江があって、そこに建つレストランがエル・ブリだ」

男性が口を挟んだ。声にそこはかとない威厳がある。

スペインの地理のことは分からないが、脳裏に銀色のさざ波が美しい地中海風景が浮かんだ。

「先ほど君たちが話していたエスプーマも、エル・ブリの料理長フェラン・アドリアが開発した技法だよ」

「そうだったんですか！　それは知りませんでした」

まどかは声に驚きを滲《にじ》ませた。

「エル・ブリという名前の由来は？」

すかさず高橋が尋ねると男性は手を組んでその上に顎を乗せた。

「スペイン語で小型のブルドッグという意味だ。もともとその建物はマーケッタ・シェリングというチェコ人の女性が所有していた。彼女がその犬を可愛《かわい》がっていたというわけだ。店内に入ると入り江を見下ろせるテラスがあって、その先に白い漆喰《しっくい》の壁で囲まれたダイニングがある。だいたい五十席ほどなんだが、毎年世界中から二百万件くらいの予約が入るからね。そのうえエル・ブリは一年のうち四月から十月までの半年しか開店しない。残りの半年は新メニューの開発に専念するために当てられる」

「五十席に二百万？　それも半年だけで。すごい競争率ですね」

高橋がため息を漏らした。

「世界一予約の取れないレストランと言われていたよ」

「過去形ですか。今も予約を取るのは難しいんですよね。先日観たドキュメンタリー映画でもそう言ってました」

今度はまどかが聞いた。映画はエル・ブリでのスタッフたちの仕事ぶりを追った映像だった。

「難しいもなにもエル・ブリは二〇一一年七月三十日に閉店しているよ」

「えっ！　ミシュラン三つ星で予約殺到のレストランなのに？」

「その後、フェランは料理研究財団を設立している。今は料理人というより研究者として活動しているというわけだ」

「じゃあ、もうお店には行けないんですね」

「そういうわけだね」

まどかはガクリと肩を落とした。

「そんな競争率ならよほどのセレブじゃないと無理だろ」

高橋が底意地悪そうに言った。

「私だってこれからセレブになるかもしれないじゃないですか」

「所轄のヒラ刑事がどうやってセレブになれるんだよ」

「キアヌ・リーブスとかトム・クルーズに見初められるかもしれませんよ」

「それってどういうシチュエーションだよ」

「ええっと……彼らがパスポートを落としちゃって相談を受けるとか」

「それって俺たち刑事課の仕事じゃないだろ」

「ああ、もぉ。夢のないこと言わないでくださいよ」

「お前の場合、夢を通り越してファンタジーなんだよ」

「万に一つの可能性があればそれはファンタジーではありません！」

「万じゃないんだよ。恒河沙《ごうがしゃ》とか那由他《なゆた》レベルなんだよ」

「なんですか、そのゴウガ……って」

「単位だよ、単位。兆より京よりさらに大きい単位だ」

高橋が誇らしげに言った。

「うわぁ、滅多に使えない無駄な知識！　よかったですねぇ、ご披露できるシチュエーションに恵まれて」

「まったくだ。そんな機会を与えてくれたお前に感謝だよ」

まどかたちのやり取りを眺めていた男性がゴホンと咳払《せきばら》いをした。

「君たちは仲がいいんだな」

「ああ、すみません……。あの、あなたはエル・ブリに行ったことがあるんですか」

気恥ずかしくなってまどかは男性に質問を振った。

「何度も行ったね。フェランにも取材をしたことがある」

男性は心なしか胸を張って言った。

「取材？　失礼ですがなにをされている方なんですか」

「笹塚明仁《ささづかあきひと》といいます」

男性は胸に手を当てながら気取った仕草で頭を小さく下げた。

「ささづか……って聞いたことがあるなぁ」

高橋がこめかみを指で押さえている。

その名前でようやくピンと来た。

「あ、もしかして！　料理評論家の⁉」

まどかは指を鳴らしながら言った。

「ああ、『鉄人シェフ』に出てた人だ」

高橋も思い出したようである。『鉄人シェフ』は五年ほど前まで放映されていた料理番組だ。腕に覚えのある料理人たちが料理対決するという趣向で、審査員の中に笹塚がいた。まどかも時々見ていたが視聴率が振るわなくなって打ち切りとなった。

「よく覚えていてくれたね。放映当時だったらサインを求められたりしたもんだが」

笹塚は頭を掻《か》きながら苦笑した。番組では豊富な蘊蓄《うんちく》を傾けながらも料理に対して厳しい目を持っていた。彼は審査員の中でもご意見番的な立ち位置だった。

「我々は室田署刑事課の者です」

あらためてまどかと高橋も自己紹介をした。

「最近の女性刑事さんは美人で可愛いんだね」

料理に対して厳しかった笹塚が、お世辞でも嬉《うれ》しいことを言ってくれる。まどかの中で好感度アップだ。

「そうそう！　絶対味覚という言葉も番組で笹塚さんが言ってたので知ったんですよ」

絶対味覚とは、口にしただけでその料理の味の構成を舌で味わい分けできる能力のことである。絶対味覚の持ち主はわずかな隠し味ですらも見破ってしまう。笹塚は番組の中で超一流の料理人になるためには必須の能力だと言っていた。しかしそれはやはり天賦のものであるらしい。笹塚も絶対味覚の持ち主だと番組の中で自任していた。

「話が戻るんですが、俺たちが食べていた料理がエル・ブリと関係あるんですか」

高橋がまどかも気になっていたことを聞いた。

「エル・ブリは現代のヌーベル・キュイジーヌの旗手ともいえる」

「ヌーベル・キュイジーヌ？」

まどかは聞き返した。

「意訳すれば料理革命だ。アンリ・ゴーとクリスチャン・ミヨという二人の料理評論家が雑誌『ゴーミヨ』で一九七三年に提唱した。既存の調理コンセプトを覆す新しいスタイルのレストランが各地に誕生した」

笹塚はポール・ボキューズやトロワグロ兄弟、アラン・サンドラス、クロード・ペローといった料理人の名前を挙げた。いずれも初めて聞く料理人たちだ。彼らがヌーベル・キュイジーヌの第一世代だという。

「たしかに分子料理は革命的ですけどね」

高橋が肩をすくめた。

「君たちが食べていたコウイカのラヴィオリはエル・ブリのメニューをアレンジしたものだ」

「そうだったんですか」

ラヴィオリとは小麦粉を練って薄くのばした生地の間に挽《ひ》き肉と野菜のみじん切りを入れて包んだパスタのことである。しかしティファニーのラヴィオリはそうではなかった。コウイカを薄く切ってのばしたものが生地となっていたのだ。イカのラヴィオリに包まれた具はイカスミのジュレだった。

「私が食べたエル・ブリのコウイカのラヴィオリではココナッツのジュレだったけどね。正直、あれはミスマッチだったと思う。この料理にはイカスミの方がたしかに合うからね。日本人なら特にそう思うだろう」

「それにしてもパスタを作るのにあえて小麦粉を使わないなんて面白いですよね。卵もそうでしたよ。言われなければ気づかないのにわざわざ別の材料を使って卵を再現するなんて」

高橋の意見にまどかも同感だ。

「美味しさ以上の驚き。その遊び心がエル・ブリの料理だよ。もっともその手の料理は別に珍しいことじゃない。日本でも精進料理がある。肉類を一切使わずそれらしく見せるだろう。いわゆる『見立て』というやつだ。たとえば鴨肉《かもにく》を他の材料を使って再現しようとする。豆腐を崩して細く切った野菜や昆布などを加え油で揚げてみる。それが雁《がん》もどきだ。ただ超がつく一流の料理人は『もどき』では終わらせない。オリジナルを超える新しい味と食感を生み出す。フェランがまさにそうだった」

笹塚がうっとりとした表情で語る。

たしかにコウイカのラヴィオリは小麦粉のパスタにはない独特の食感があった。ひと噛みするごとに滲み出てくる、甘さと苦さのいいとこどりで広がるイカスミの風味。前衛だけとは違う、確実な美味を伴ったパスタ料理の新たな可能性を感じさせる食感だった。ともかくこれまで食べたことはないが、それでもパスタと呼んで差し支えない料理だったと思う。それもかなり上質な。

「笹塚さんはティファニーに注目しているんですね」

まどかの言葉に笹塚は首を小さく横に振った。

「店というよりあの男にね」

彼は厨房を指さした。そこには黙々と仕事を続ける古着屋の姿があった。

「もしかしてあの人がエル・ブリで働いていたとか？」

「エル・ブリには山田チカラなど何人かの日本人が勤務していた。私も全員を把握しているわけじゃないが、おそらくあのコックは勤務経験があるだろう。コウイカのラヴィオリ以外にもエル・ブリのメニューをアレンジしたものがいくつかあった。今日出されたブロッコリーのクスクスも本家ではカリフラワーだったからね」

まどかは「やはり」と思った。あのコックはただ者ではないと初日から感じたのだ。もしかすると世界中の有名店を渡り歩いていたのかもしれない。

「ヒッチ……じゃなくて古着屋さんは絶対味覚の持ち主ですよ」

まどかは先日のカレーの一件を説明した。もちろん容疑者の名前など事件の詳細は伏せてである。

「とんでもない味覚と技術を持っているのはたしかなようだ。私の知らないところにまだこれほどの力量を持った料理人がいたなんて……」

笹塚は見張った目を古着屋に向けた。

あれほどのコックなら笹塚のアンテナに引っかかってもいいはずなのに、どうして彼は無名のままでいたのだろう。客たちの理性を失わせる料理を振る舞う、それこそ漫画に出てきそうな料理人なのだ。早い段階から注目されて然《しか》るべきである。

「いつからマークしているんですか」

高橋が声を潜めて聞いた。

「警察署の地下食堂がすごいと知り合いから話を聞いて、ここにはかれこれもう一週間以上通っている。気まぐれコースは昨日食べてみた。昨日初めてコースのボタンに気づいたんだ」

「私たちもそうでしたよ。身を屈めないと分からないですよね」

まどかもたまたま小銭を落として気づいたのだ。他に気まぐれコースを食べている客は皆無だった。さすがは料理評論家だけあってメニューを順番に制覇していき、最後のボタンを見落とさなかったようだ。

「彼のモラキュラーガストロノミー、つまり分子料理を食べてみてエル・ブリ仕込みなのは確信している。ただあのコックはそれだけに留《とど》まらない一種オカルトめいた能力を持っている」

「オカルトってどういうことですか」

まどかが尋ねると笹塚は目を細めてほのかに煤《すす》ばんだ天井を見上げた。

「なんていうのか……彼は客の味覚のツボをピンポイントで突いてくる。好みというのは人それぞれだ。その人が歩んできた人生が味覚に大きく反映される。それは地域ごとの食文化、子供時代の食生活など家庭環境によるところが大きい。大ざっぱな美味い不味《まず》いは各人共通だとしても、ここまで理性を狂わせるほどの味覚のツボは点のように限りなく狭小であるし、個人によって微妙に異なるはずだ。なのに古着屋という料理人はまるで超一流の狙撃手のように百発百中で命中させる。そんなことは現実的にあり得ない」

彼の言わんとしていることは理解できる。まどかにしろ高橋にしろ味覚のツボは違う。それぞれのツボを突いているということは客によってその味つけを微妙に変えているということだ。ツボを相手を見るだけで識別できる……やはり超能力としかいいようがない。

しかし、である。そのことについてまどかはひとつの見解を持っていた。それは初めてティファニーの料理を口にしたときに考えたことだ。

「共感覚ってご存じですか」

まどかが聞くと二人とも首を横に振った。

「私の従姉妹《いとこ》に共感覚保持者がいるんです。私も専門家ではないので、あくまで本を読んで得た知識なんですが……」

共感覚とは、ある刺激に対して通常の感覚以外にさらに異なる種類の感覚をも生じさせる特殊な知覚現象をいう。たとえば目にした文字や図形、人物に対し、色が見えたり音が聞こえたりする。まどかの従姉妹は嘘《うそ》をついている人間の背後が赤く見えるという共感覚保持者だった。昔からまどかの嘘を一発で見抜いた。それが怖くて数年前から疎遠になっている。従姉妹は今も定期的に精神科に通って治療を受けていると聞いた。その能力は他人とのコミュニケーションに支障を来してしまうからだ。超能力めいているが、精神医学の世界では存在が認められているし研究も進んでいるという。

「つまりあのコックは我々が視覚や聴覚で認知していることを味覚でもしているというわけかね」

笹塚が頬をさすりながら言った。

「そう解釈をすれば腑《ふ》に落ちるものがありますね。彼は他人の味覚を自分の味覚としてシンクロさせているんだと思います」

共感覚保持者の中には他人の触覚を自分の感覚とするケースがあるという。対象者が第三者に触れられるとそれと同じ触覚が自分にも生じる、いわゆるミラータッチ共感覚である。こちらも多くの症例報告があるという。

「つまり味覚におけるミラータッチというわけか」

高橋が腕を組みながら唸《うな》った。

「おそらく。古着屋さんは他人の味覚が分かる、だからこそツボを突けるんです」

「なるほど。そう解釈すれば古着屋さんのオカルトな能力にも説明がつくね」

笹塚はまどかの説に感心している様子だ。我ながら画期的な解釈だと思う。

「こいつ、前々から珍奇な解釈をこじつけるのが得意なんですよ」

高橋が感心とも呆れともつかぬ口調で言った。

「だってそう解釈するしかないでしょうよ」

「そういうトンデモ推理を捜査会議で開陳するのは止《や》めてくれ」

心なしか高橋は困り気味だ。

「あくまでも可能性の一つとして発言しているだけです」

「だいたいお前の推理はいっつも的外れじゃないか」

「そ、それはそうですけど……」

まどかは口ごもった。本当にそうなので返す言葉がない。

「あんたら、本当にいいコンビだね。夫婦《めおと》漫才みたいだよ」

笹塚が愉快そうにまどかと高橋に指先を行き来させた。

「そ、それにしても目にした風景や耳にした音がすべて味として伝わるなんてどんな感じなんだろうな」

高橋が照れくさそうにしながらも話題を戻した。

「さあ……。これればかりは本人じゃないと分からないでしょうね」

まどかは指先を顎に当てた。

もしそうだとすれば古着屋は四六時中なにかを味わっていることになる。それってはたして幸せなことだろうか。

「國吉、高橋！」

そのとき突然、名前を呼ばれた。食堂の入口で藤沢健吾課長がまどかたちを手招きしている。

「どうしたんですか」

二人は藤沢に近づいた。彼は今年五十四歳になる室田署刑事課の課長であり、まどかたちの直属の上司だ。目鼻や口が大作りで舞台役者を思わせる、一度見たら忘れられない個性的な顔立ちである。小柄なわりに顔が大きいこともその印象に拍車を掛けていた。

「一丁目で変死体だ」

藤沢は他の客たちに聞こえないよう小声で告げた。

「変死……殺しですか？」

「詳しいことはまだ分からない。とりあえずお前たちが向かってくれ」

「國吉、行くぞ」

「はい！」

店を出ると上り口の壁に小さな鏡がかけてある。そこに写る引き締まった自分の顔を見る。いい顔だと思う。まどかはいつの間にか自分も刑事になっていたんだなと実感する。目つきもそれらしくなってきた。凛々《りり》しさと厳しさが同居している眼光。これぞ刑事の目だ。

この目は決して悪を見逃さない！

どこまでも追いつめるわ！

「なに鏡の前でポーズ決めてんだよ！」

階段の上で高橋の声がする。

「い、いま行きます！」

まどかは慌てて階段を駆け上がった。途中でつまずいて転倒しそうになるも、すんでのところで手を突いた。

「なにやってんだよぉ」

藤沢がまどかを追い越しながら言った。

ランチは一人前だが刑事としてはまだまだ。


二日後、二月十二日午後九時。

まどかたちは室田署二階にある小会議室に集まっていた。まどかと高橋の他には藤沢課長、同じ刑事課の朝倉達夫《あさくらたつお》、森脇浩一郎《もりわきこういちろう》、そして署長である毛利基次郎《もうりもとじろう》がいた。朝倉は五十手前のいぶし銀でいかにも刑事ドラマに出てきそうな渋い顔立ちである。頬に刻まれた深い縦皺《たてじわ》がベテランの風格を醸し出している。女性署員たちからも人気があるが家族思いの既婚者だ。それはいいのだが子供が病気になれば捜査中でもさっさと帰宅してしまう。

森脇は三十三歳の中堅。ユーモラスで人なつこい顔立ちをしているのでぱっと見、刑事には思えない。ある程度刑事経験を積むと疑念が鋭利な光となって瞳に表れてしまうものだが、彼の場合、オモチャを前にした少年のように常にキラキラと輝いている。見た目通りのムードメーカーでギャグを連発しては署員たちを楽しませようとする。

　それぞれが長テーブルを囲んで腰掛けていた。

「死因は心臓発作か……」

　毛利署長が藤沢の報告を聞いて、心なしかがっかりしたようにつぶやいた。定年まであと数年となった彼は、大きな事件を手がけて警察官人生の有終の美を飾りたいと考えているようだ。

「監察医の報告によれば死後二日ほど、死亡時刻は二月八日の午後九時から十一時にかけてと推定されてます」

　藤沢がつけ加えると毛利はロマンスグレーの頭髪を撫《な》でながら整えた。会長とか社長とか重役などの肩書きのある男性にロマンスグレーが多いと思うのは気のせいだろうか。

「しかし腿《もも》の一部が切り取られていたのだろう」

「はい。切り口に生活反応が見られなかったことから死後に切り取られたと思われます」

　二日前の二月十日、まどかたちは室田町一丁目のアパートに駆けつけた。

　死亡者は加山雄二《かやまゆうじ》。三十八歳の会社員だ。

　第一発見者は、珍しく無断欠勤をした加山を心配した会社の同僚だ。彼は昼休みに加山の部屋に立ち寄った。扉の鍵は掛かっていなかったという。部屋の明かりが漏れているのに返事のないことを不審に思い、部屋に入ると居間で倒れている加山を目にした——というのが同僚の証言だ。

「第一発見者の藤原将生《ふじわらまさお》についてはどうだ」

毛利が聞くと朝倉が手を挙げた。

「二月八日から九日の二日間、藤原は出張で下関市にいました。八日の午後七時から十一時半まで取引先と飲食をしていて、九日の夜に帰宅しています。これは確実なウラが取れてます」

この人は声まで渋い。聞いていて惚《ほ》れ惚《ぼ》れするほどだ。声優でもやっていけると思う。

捜査において第一発見者を疑うのは定石だが、完璧なアリバイがあるし、そもそも死因が心臓発作だ。まどかたちが駆けつけたときも部屋の中には争った形跡がなく、床に横たわった死体がズボンを穿《は》いていたこともあって太腿の異変に気づかなかった。

今年は暖冬とはいえ死後二日も経過しているとさすがに異臭が気になった。しかし部屋の外には漏れていなかったようで他の住人たちからの苦情は出ていなかったようだ。

「問題は誰がなんの目的で死体の腿肉を切り取ったかということだな」

毛利が腕を組んで首を傾《かし》げた。

「当該部にタトゥーが入っていたとか……。犯人はなんらかの理由でそれを隠蔽したかった、または必要だった。だから切り取って持ち去った……というのはどうですか」

まどかの意見に署長は「なるほど」とうなずいた。

「隠蔽したかったなんらかの理由とは？」

「たとえば犯人にとって他人に知られたくない記号や図形が彫り込まれていた、とか」

「ほぉ。必要だったというのは？」

「そうですね……宝の在処《ありか》を示した地図だったとか。他人に知られれば先を越されてしまうでしょう」

「なかなか面白い推理だ。若いとこういう発想が出てくるものなのか」

毛利は藤沢と目を合わせて二人して愉快そうに笑った。

「いやぁ、それほどでも」

まどかは照れくさくなって頭を掻いた。隣で高橋が咳払いをしている。「調子に乗るな」と言いたいのだ。

いいじゃない。たまには調子に乗ったって……ってたまじゃないけど。

刑事なんて仕事はこんなことがなければやっていけない。若いとか女というだけでバカにされたり低く見られたりする。刑事畑は圧倒的に男社会なのだ。

「そういえば『メメント』なんて映画がありましたよ。あれじゃないですかね」

森脇がいつものようにおどけた口調で言う。

「どういう映画なんだ」

毛利が興味深そうに聞いた。

「奥さんを目の前で殺されたショックで主人公が十分間しか記憶が保てない健忘症になっちゃうんですよ。彼は犯人捜しをするんですけど、記憶が十分しか持たないから手がかりをすぐに忘れちゃう。だから重要なことはタトゥーとして体に刻んでおくんです」

「なるほど。つまり加山雄二は映画みたいな健忘症だったということですね」

高橋が指を鳴らした。

「まあ、映画通りならな。それはともかく心臓発作だとただの病死かな」

森脇は頭を掻きながら言った。

たとえ殺人でなくても死体を傷つけるようなことがあれば死体損壊等罪が適用される。とはいえこの程度の事件は本庁が出てくる幕ではないので捜査本部は立てられなかった。所轄の刑事課だけで解決するべき事案だ。

それにしても太腿の肉片を切断する犯人の姿を想像するとゾッとするものがある。ズボンに隠れて見えなかったこともまどかにとっては幸いだ。他殺にしろ自殺にしろ病死にしろ事故死にしろ、死体は何度見ても慣れることができない。

犯人はその肉片を持ち去ったようで現場から見つかっていない。分量にして二百グラムほどだ。監察医によれば鋭利な刃物でえぐるように切り取られていたという。

「殺しの可能性は？」

署長が藤沢に尋ねる。

「体内から薬物を始めとする毒物が見つかっていません。加山はもともと心臓の持病がありました。今までにも発作を起こしたことが何度かあったそうで長期にわたってかかりつけの医院に通院してました。担当医も今回のようなことはいつ起こってもおかしくなかったと証言しています」

今のところ直接の死因は心臓発作、つまり病死と考えている。しかし意図的に発作を引き起こす方法があるかもしれない。もしこれが殺人だったとして分からないのは犯人の意図だ。せっかく病死に見せかけて殺したのに死体を損壊してしまえば捜査の対象にされてしまうのは免れられない。そう思うと、やはり加山は病死だったのか。

「とりあえず捜査を続けてくれ」

署長が声をかけると一同は散会した。

翌日、まどかが扉横のチャイムを押すと老婆が顔を覗かせた。表札には「杉浦礼子《すぎうられいこ》」とある。

「あら、また警察のお嬢ちゃんかね」

彼女は扉を開くと嬉しそうに相好を崩して、ただでさえシワの多い顔をさらにしわくちゃにさせた。彼女の部屋は加山雄二の隣にある。住宅に囲まれたモルタル造りのアパートで一階と二階にそれぞれ二部屋ずつ入っているが、前の建物のせいで一日中日陰になる一階は不人気のようで、二部屋とも空室となっていた。加山が亡くなってしまった今、このアパートに住んでいるのは杉浦一人である。腰が曲がっているが彼女はこの部屋で一人で暮らしているようだ。

「八日のことを伺いたいと思いましてまた来ちゃいました」

まどかはニッコリと微笑んだ。後ろでは高橋も愛想を振りまいている。

「あら、また？　若いのに熱心ねぇ」

発見当日も昨日も話を聞いたが、今日も聞き込みに来た。刑事は同じ人物に同じ内容の聞き込みを何度もする。そうしているうちに忘れていたことを思い出したりするからだ。対象が犯人やその関係者であれば証言に食い違いが出てきたりする。相手には嫌がられるが聞き込みは捜査の基本中の基本であり、それから得た情報を元に推理を組み立てていくわけなので手を抜けない。事件が迷宮入りするのは、初期の段階で聞き込みが甘かったことに起因する場合が多いのだ。

「八日の夜のことでなにか思い出したことはありますか」

「昨日ね、テレビでドラマを観ていたんだけど、隣の声と言ってたことが同じだったような気がしたの」

「隣から聞こえたという声ですね！」

まどかは手帳とペンを取り出した。

杉浦は八日の夜に隣室からの男性らしき声を聞いている。しかし若干耳が遠くなっている彼女は内容まではっきり聞き取れなかったという。

「ドラマでは『おい！　大丈夫か』って言ってたわ。隣から聞こえた言葉も同じだったような気がするの」

つまり隣室から彼女が聞いた声は相手を気遣っていた？

「そのあと、部屋から誰かが出て行ったんですよね」

「ええ。声が聞こえてから一時間くらいあとだったかしらね。コート姿の人影が部屋の前を通り過ぎたわ」

杉浦の部屋は玄関から直接部屋に通じるワンルームで、玄関扉のすぐ近くに磨《す》りガラスの小窓がある。外通路を人が通過すれば窓から影が見えるというわけである。彼女はそのシルエットからコート姿の男性だったと証言した。しかし直接、男性の姿を見ていないという。またこのあたりの住宅は空き屋が多く夜間になると周囲は人通りがほとんどなくなるようで、コート姿の男性を見かけたという目撃情報も得ることができなかった。コンビニエンスストアやスーパーなども離れており、なんともうら寂しいエリアとなっている。杉浦のような独居老人が多く、風景も心なしか色褪《いろあ》せて見える。塀の上で寝そべっている猫ですら老いている。

「ああ、そうだった」

杉浦がパンと手のひらを叩いた。

「なにか思い出しましたか」

「帽子を被《かぶ》っていたわ。頭に帽子の影が見えた」

「どんな帽子ですか」

「影だったからね。普通の帽子よ。こう、野球の選手が被っているような……」

彼女は鍔《つば》をつまむような仕草をした。

「キャップ帽ですね」

「多分……。ごめんなさいね。今日思い出せるのはそのくらいなの」

杉浦は曲がった腰をさらに曲げて頭を下げた。

「いえいえ。とても参考になりましたよ。こちらこそありがとうございます」

「また、話を聞きに来てね」

彼女は寂しげに微笑んだ。老人の一人暮らしはなにかと心細いだろう。たまには話し相手になってあげたいと思った。

「おばあちゃんの話が本当ならやはり加山は心臓発作だったんですかね」

まどかはアパートの階段を高橋と肩を並べて降りた。金属製の手すりが赤茶けている。

「そうだな。そいつにとってもハプニングだったということか」

「心臓発作を起こして倒れ込んだ加山に対して一緒にいた人物が発した台詞《せりふ》だろう。息を引き取ったことをいいことに肉片を切り取ったということですかね」

「そういうことだろうな……うん？」

突然、高橋が足を止めた。

「どうかしました」

「あそこにコインパーキングがあるだろ」

彼は前方を指さした。

「あ、防犯カメラがあるかもしれませんね」

二人はコインパーキングに近づいた。四台駐車することができる狭い敷地に車は一台も駐《と》められていなかった。

「最近は空き地ができればすぐにコインパーキングにするんだな」

「ですね。あまり利用されていないみたいですけど。それはともかくありますね、カメラが」

まどかは敷地の端に立っている鉄柱の上を指さした。そこには防犯カメラが設置されていた。

「とりあえず調べてみよう」

高橋はスマートフォンを取り出すと表示板に記されている管理会社に電話を入れた。


二時間後。

管理会社を通して防犯カメラの映像データはすぐに入手することができた。さっそく二人で映像をチェックする。映像はデジタルデータなのでパソコンで再生させた。

二月八日の午後十一時二十二分。

加山のアパートの方向から歩いてくる人影が見えた。

「こいつですよ！　コート着てる」

カメラの性能が高いようで夜闇でもある程度はっきり映っている。帽子を被った男性は中肉中背で紺色系のコートを羽織っていた。手にはビニール袋を提げている。

「袋の中に入っているんだな」

高橋が顔をゆがめながらつぶやく。

まどかはその中身を想像して嘔吐《おうと》の予感を飲み込んだ。

高橋は映像を巻き戻す。そして男性がカメラに一番接近したタイミングで一時停止した。

「拡大してみましょう」

まどかはマウスを操作して男性の姿を画面いっぱいに拡大してみた。人物の目鼻立ちもはっきりしてくる。三十代といったところか。

「ちょっと帽子を拡大してみてくれ」

高橋が男性の頭部を指さした。まどかは言われるとおり同じようにマウスを操作して拡大させた。

「なんのマークですかね」

二人して目を凝らしてみる。帽子には紫色の葉っぱのようなデザインのロゴが入っていた。

「野球とかサッカーチームのロゴかな」

「そうかもしれませんね」

「とりあえず調べてみよう」

しかしそのロゴは三十分後に呆気なく判明した。

「ああ、うちの近くのスーパーのロゴだよ」

ロゴを見せたら藤沢が即答した。

「そうなんですか」

まどかと高橋の声が重なった。

「毎日のように利用しているんだ。見間違えるわけがないさ」

「課長、助かります」

それからまどかたちは「金山屋《かなやまや》」について調べた。金山屋は藤沢の自宅の最寄りである成増駅近くにある。サイトを開設していてトップページには紫色の葉っぱのロゴが大きく表示されていた。映像に映っていた帽子のロゴとまったく同じデザインだ。男性が手に提げていた袋にも、このロゴが入っていた。

「家族経営みたいですね。ここ一店舗だけしかないですよ」

地域に根ざした古くからある店舗のようだ。サイトの写真を見ても洒落《しゃれ》っ気はないが、そこはかとない安心感がある。近くに大型スーパーが建っているがそれでもつぶれずにやっていけるのは、ここを贔屓《ひいき》にしている客が多いからだろう。

「それはラッキーだ。帽子を被っているとなるとここの関係者に違いない」

「行きましょう」

さっそくまどかたちは成増駅に向かった。駅から徒歩五分ほどの場所に金山屋があった。さほど広い店舗ではないが中は買い物客たちでそれなりに混み合っていた。床に並べられたコンテナのような箱に野菜や果物が無造作に放り込まれている。それでどことなく市場を思わせる味わいのある売り場となっていた。見た目だけきれいに陳列されたスーパーよりも面白味がある。

「あの、店長さんはどちらにいらっしゃいますか」

まどかはじゃがいもの入ったかごを運んでいる小太りの男性に声をかけた。頭には紫色の葉っぱのロゴが入った帽子を被っていた。防犯カメラに映っていた男性のものとまったく同じだ。

「私がそうですけど……」

「少しお話を伺いたいんですが」

まどかが警察手帳を見せると目を白黒させた。しかしすぐにまどかたちを店の奥にある応接室に案内してくれた。

「店長の金山です」

店長が差し出した名刺には「金山広和《ひろかず》」とあった。帽子を脱ぐと頭髪がまばらで地肌が大半を占めていた。それでも肌つやから四十代半ばくらいだと思われる。

「さっそくですがこの男性を捜しているんですが……」

まどかは防犯カメラの男性の拡大画像のプリントアウトを差し出した。

「これは……うちの従業員の阿久津《あくつ》くんだと思います」

金山は「阿久津幹明《みきあき》」と氏名を告げた。三年ほど前からここに勤務しているという。

「彼はどこにいますか」

高橋が身を乗り出しながら尋ねると金山は顔を強《こわ》ばらせた。

「阿久津くんがどうかしたんですか」

「いえいえ、ちょっと確認したいことがあって彼に連絡を取りたいんです」

高橋が表情と声を穏やかにすると金山もわずかに頬を緩めた。

「体調が悪いから数日休ませてほしいと連絡がありました」

「それはいつですか」

「四日前の朝ですね」

金山は壁に掛かったカレンダーを確認しながら言った。

二月九日の朝。加山が殺害されたのは八日の夜である。

「八日のことは覚えてないですか。阿久津さんに変わったことはありませんでしたか」

「八日？　ああ、仕事帰りに友人に会うと言ってましたね。大学時代の友人とか」

すかさずメモを取る。

「阿久津さんの住所を教えていただけませんか。直接、会って話を聞きたいんですよ」

「いいですけど……ちょっと待っててください」

金山は立ち上がるとデスクの引き出しの中から書類を取りだした。そしてそれをまどかの前のテーブルの上に置いた。書類には阿久津の顔写真が貼りつけられている。まどかと高橋は顔を見合わせる。コインパーキングの防犯カメラに映っていた男性と一致していた。

「履歴書ですね」

「ええ。三年前のものですけど住所は変わっていないはずです」

「拝見します」

まどかは阿久津幹明の住所を書き写した。

「店長」

そのとき応接室の扉が開いて女性従業員が顔を覗かせた。彼女も店のロゴが入った帽子を被っていた。

「どうした？」

「警察の方がみえてますけど」

「警察？　この人たちがそうだよ」

金山はまどかと高橋に右手を向けた。

「でも……あちらも成増署だっておっしゃってますけど」

まどかと高橋は顔を見合わせた。

「お二人はどちらから？」

金山が尋ねてくる。

「我々は室田署ですけど」

「じゃあ別件なのかな。お通ししてもいいですか」

「ええ。我々はかまいませんけど……」

彼が女性従業員に通すように指示をするとすぐにスーツ姿の男性が二人入ってきた。一人は若くてノッポで赤山《あかやま》、もう一人の太った年配は黒川《くろかわ》と名乗った。彼らは成増署刑事課の刑事だと身元を明かした。

「こちら室田署の刑事さんたちです」

金山がまどかたちを紹介すると、二人組は怪訝《けげん》そうな顔をした。

「どうして室田署の方たちが？」

黒川が言った。

「いや、うちの従業員のことでいろいろと聞かれていたんです」

まどかたちの代わりに店長が説明した。とはいえどうして阿久津のことを調べているのか彼には伝えていない。

「その従業員とは阿久津幹明のことですか」

今度は赤山が慎重な口調で尋ねた。

「そうですけど……」

金山が答えると二人の刑事は顔色を変えた。

「阿久津がどうかしたんですか」

痺《しび》れを切らしたのか高橋が二人に聞いた。

「こちらもあなた方がどうしてうちの管轄に乗り込んで来たのかを知りたい」

黒川が口調に若干の非難を滲ませてきた。警察の人間は縄張り意識が強い。自分たちの管轄に部外者が入り込むことに強い拒否反応を示す者が少なくない。特に年配の刑事に多い気がする。互いに情報を共有していけばもっとスムーズに捜査が進展すると思うのだが、なかなかそうならないところが大組織の難しさか。

「実は……」

ここで争いごとを持ち込むのは得策ではないと判断したのだろう、高橋は大人しく経緯を説明した。阿久津が太腿の肉片を切断した可能性があると告げると金山は大きく顔をしかめた。

「そういうことか……」

話が終わると黒川と赤山の表情が険しくなった。

「黒川さんたちはここになにを聞きに来たのですか」

今度はまどかが質問した。

「昨夜、阿久津が自宅マンションの屋上から飛び降りた」

「ええっ！」

まどかと高橋の驚きの声が重なった。阿久津が飛び降りたのは昨夜の十時過ぎだったという。

「阿久津はどうなったんですか」

まどかが恐る恐る尋ねると黒川はゆっくりと首を横に振った。すぐに病院に運ばれたがすでに心臓も呼吸も止まっていたという。

「自殺だったんですか」

「それについてはこれから調べますが、住人の何人かが一人で屋上に向かう阿久津の姿を目撃しています」

まどかの質問に今度は赤山が答えた。

それから互いに名刺交換をしてまどかたちは金山屋を辞去した。

「自殺だと仮定して、その動機は死体損壊と関係がありそうですね」

「結局、なんのために肉片を持ち去ったんだろうな」

「さあ……」

そのときまどかの腹がぎゅるりと音を立てた。空を見上げると太陽が真上にある。

「お前の腹時計があれば俺の腕時計は必要なさそうだな」

「そんなことよりランチですよ。腹が減っては戦はできぬ、でしょ」

「同感だ。で、今日はどこにするんだ」

まどかの脳内データベースがフル稼働で動き出す。

「成増ならいいお店を知ってますよ」

あっという間に数軒の店のデータをはじき出した。

「お前に任せておけば間違いないからな」

「洋食、中華、和食。どれ気分ですか」

「中華かな」

「それだったら成増苑《なりますえん》に行きましょう。超本格四川《しせん》料理の名店ですよ」

「お前がそこまで言うんなら期待できそうだ」

特に麻婆豆腐《マーボーどうふ》がオスメだ。さまざまな薬味を凝縮したタレもさることながら山椒《さんしょう》が効きすぎというくらいに効いていて舌が痺れるほどである。しかしこれがまたクセになるのだ。一度口にしたら止められなくなる。そして少し日を置くとまたこの味を求めてしまうのだ。中毒性のある一品である。

「財布に優しいんだろうな」

「ちょっと高めですけど」

「マジかよ。今月はクレジットの支払いで苦しいんだ」

「ご安心あれ。これがありますから」

まどかはバッグから分厚くなった財布を取り出すと中から一枚の紙切れをつまみ上げた。

「半額クーポン！」

高橋がパッと顔を輝かせる。

「ちょうどよかったです。期限が今日まででした」

「神様に感謝しなくちゃな」

「クーポンのことですか。大げさですよ」

彼はチッチッと舌を鳴らしながら人差し指を左右に振った。

「相棒がお前だってことをさ」

そしてまどかの背中をバンと叩いて呵々と笑う。

セクハラですよ、高橋さん。

と言いかけて飲み込んだ。

悪い気はしなかった。

「まだ舌がピリピリするぞ」

高橋が舌を突き出して上唇に押しつけた。成増苑の麻婆豆腐の山椒の味がまだ残っているのだろう。

「まだしばらくは続きますよ」

「たしかにクセになるな、このピリピリ感は」

「あそこの麻婆豆腐を食べると他の店のは物足りなく感じてしまいます」

「容赦ない山椒だったな」

正午を数分回った時点で店の前に行列ができていた。ランチにありつけるまで三十分以上かかった。もっとも東京で人気店のランチを食べようと思ったら行列待ちは避けられない。それをする時間を無駄だと思う男性とはつき合えない。ましてや相棒をや。幸い、高橋はいつだってまどかのランチに理解を示してくれる。いや、むしろランチを楽しみにしている。まどかが警視庁随一のランチ刑事なら高橋はナンバー2だ。

高橋はスマートフォンを取り出して耳に当てた。これまでの捜査内容を藤沢に報告するのだ。いくつかのやり取りがあって彼はスマートフォンをポケットに収めた。

「とりあえず阿久津のマンションに行く。成増署の連中には課長の方から連絡しておいてくれるそうだ」

「そうですか」

二人は金山屋の店長から教えてもらった阿久津の住所に向かった。金山屋から徒歩十分ほど離れたところに鉄筋四階建てのマンションが建っている。各階に四戸ずつ部屋が入っていていずれもワンルームのようである。

外壁は煤けていて、鉄筋だけに造りはしっかりしているようだが相当に古い物件だ。周囲は比較的新しいマンションや一戸建てが並んでいて、ここだけにどんよりと淀《よど》んだ日陰のような鬱屈とさせる雰囲気が漂っている。

現場検証はすでに終わったようで警察関係者の姿は認められなかった。午前中は警察車両や救急車が駆けつけたり野次馬やマスコミ関係者が集まったりでものものしかったに違いない。

まどかと高橋はマンションのエントランスに足を踏み入れた。入口付近の柱には「レジデンス多々良《たたら》」と建物の名称が彫り込まれていた。レジデンスというイメージにはほど遠い物件だ。

中は薄暗く黴臭《かびくさ》い冷気が頰を撫《な》でた。各部屋のポストが並んでおり、そのうちのいくつかはチラシやダイレクトメールが口からあふれ出て床に散乱していた。壁も陰鬱が染みついたように黒ずんでいる。

「ここの住人にご用ですか」

階段から降りてきた初老の男性がまどかたちを認めると声をかけてきた。頭髪にも顎髭にも白いものが混じっている。セーターの上から茶系のジャケットを羽織っているが、胸板の厚そうながっちりとした体型だ。

「我々は室田署の者です」

まどかも高橋もいつもしているように警察手帳を提示した。男性は多々良芳信《よしのぶ》と名乗った。このマンションのオーナーだという。彼自身も四階の部屋に住んでいると言った。全室ワンルームなのでここの住人は多々良を含めて皆独居らしい。

「どうしてまた室田署が？　先ほど成増署の刑事さんたちが来られましたが」

赤山と黒川たちのことだろう。

「実はここの住人である阿久津幹明さんがある事件に関わっている可能性がありまして、その件で話を聞きに来たのですが……」

「阿久津さんのことはもうご存じですよね。昨夜、屋上から飛び降りて亡くなりましたよ。まったく困ったことですよ」

そう語る多々良の表情に痛ましさは浮かんでいなかった。むしろマンションを曰《いわ》くつき物件にされたことに対して立腹しているようだ。

「阿久津さんは本当に自殺だったんですね」

高橋が質問をする。

「本当にとはどういう意味ですか」

多々良は怪訝そうな顔をしてこちらを見つめた。

「飛び降りたところを目撃されたんですか」

阿久津が飛び降りたのは夜の十時過ぎだったという。それは成増署の刑事たちも言っていた。

「その瞬間を目撃したわけではありませんが、ぼんやりした顔で屋上に上がって行こうとするので声をかけました」

「なんて声をかけたんですか」

「何しに行くんだと」

「彼はなんて答えたんですか」

「タバコを吸うんだと言ってました。建物内は禁煙でしてね。彼はときどき屋上で喫煙していたので、今回もそうなのだろうと思ってました。なのに……」

多々良は表情を曇らせた。

「他にも一緒にいた人がいるんですか」

「ええ。四階の福重《ふくしげ》さんと大山《おおやま》さんです。我々三人が四階の通路で立ち話をしていたら阿久津さんが屋上に上がっていったんです」

それからしばらくして外でドサリという音と騒ぎ声が聞こえた。三人が何ごとかと思って外に出ると、地面に横たわる阿久津の姿を目にしたという。

「あの、阿久津さんの部屋を確認させていただきたいのですが」

「え、ええ……遺族の了解もなしにいいのかな」

「捜査にご協力願えますか」

高橋が口調を強めると多々良は渋々といった様子で了解した。彼が鍵を取ってくるのを待って三人は二階に向かった。二〇二号室が阿久津の部屋である。多々良がマスターキーを差し込むと扉は簡単に開いた。

玄関からは短い廊下がリビングに通じている。廊下には簡単なキッチンと冷蔵庫、逆側にはユニットバスがあった。昭和のバブル初期に建てられた物件だという。まどかたちはリビングに入った。六畳ほどの広さで窓際にはシングルベッドが置かれていた。ベッドもきちんとメイキングされており、室内はきれいに片づいていた。多々良曰く、阿久津は几《き》帳面《ちょうめん》な性格だったらしい。

「國吉、冷蔵庫を調べてくれ」

高橋がリビング外の廊下を指さした。

「ええ？　私がですかぁ」

キッチン横に設置されている冷蔵庫を通りすがりに見かけたが触れないでいたのだ。

「もう一人前の刑事だもんな」

「こういうときだけ一人前扱いなんてズルいですよ」

ぶつくさ言いながらまどかは冷蔵庫の前に立った。単身者向けの比較的小型のタイプだ。まどかの胸あたりまでの高さしかない。

扉の向こう側のおぞましい光景を想像して身がすくんだ。

「な、なにが入っているんですか」

二人の空気が伝わったのか多々良は心配そうな顔を向けてくる。

「多々良さんはちょっと外に出てくれますか」

高橋が言うとなにかを察したのか多々良はそそくさと玄関を出て行った。

まどかは大きく深呼吸をした。

「それでは開けますよ」

扉に手をかけて開く。しかし中にはビールやジュースの缶や瓶がそれぞれ数本、あとはバターの箱と未開封のハムが丸ごと一本入っているだけだ。中は実に閑散としている。

「冷凍庫はどうだ」

同じように冷凍庫の扉も開けてみる。こちらは冷凍食品が詰められている。まどかは慎重に一つ一つを取り出してチェックする。

「ないですね」

金山屋のロゴが入った袋も肉片も見当たらない。まどかは空っぽになった冷凍庫を覗き込んで少しだけ安堵《あんど》した。

「もう処分したのか……」

「そもそもここに持ち込んだんですかね」

「それも調べてみる必要があるな」

高橋は玄関外で立っている多々良に声をかけた。

「このマンションに防犯カメラは設置されていますか」

「見ての通り、古い建物ですからありませんね」

「そうですか……」

それなら周囲の建物で捜してみる必要がある。

「阿久津幹明が屋上に上がっていくところを目撃したという他の方たちにもお話を聞きたいんですけど」

まどかが言うと多々良は「案内します」と上り階段に向かった。彼のあとについて四階に上がる。

多々良は四〇一号室とその隣の四〇二号室のチャイムを押した。ほぼ同時に二人の男性が扉から顔を覗かせた。

四〇一号室の男性は大山兼彦《かねひこ》、四〇二号室は福重祐一《ゆういち》と多々良が紹介してくれた。まどかたちが警察手帳を提示すると二人はわずかに緊張した面持ちになった。さっそくまどかは二人に阿久津のことを尋ねた。

「二月八日の深夜、阿久津がこのレジ袋を持っていませんでしたか」

まどかは金山屋を訪れたときにスマートフォンで撮影しておいたレジ袋の画像を二人に見せた。

「さあ……覚えてないなあ。これって金山屋のロゴだよね」

福重は薄くなりかけている髪を撫でながら言った。年齢は五十代後半あたり、色白で華奢《きゃしゃ》な体型である。切れ長の瞼《まぶた》から覗かせるドロリとした黒目がなんとも不気味だ。

「私も覚えてませんね」

大山は四十代後半といったところか、福重より少し若いように見える。額から頬にかけて赤紫色の大きなアザが広がっている。色褪せたような色調から最近のものではなく、ずっと前から残っているのだろう。

「なにかに悩んでいた様子はありましたか」

「それは成増署の刑事さんたちにもお話ししたんですが、心当たりがないんですよ」

三人を代表して多々良が答えた。他の二人もうなずいている。

「どうかシマシタカ？」

階下から長身の外国人の男性が上がってきた。碧眼《へきがん》で金髪の白人だ。他の三人よりずっと若く、三十前後だろう。鼻の頭から頬にかけてそばかすが広がっている。

「こちらはヘンリーさんです。アメリカの方ですよ」

多々良が紹介するとヘンリーはにこやかにまどかたちに握手を求めてきた。握手を交わしながら同じ質問をしてみたが、やはりレジ袋にも自殺する動機にも心当たりがないと答えた。

「他に何人くらい入居されているんですか」

「あと一人女性がいます。彼女はヘンリーの恋人ですよ」

多々良が冷やかすように言うとヘンリーは照れくさそうに笑った。ワンルームマンションなので部屋は別だが同じくここの二階に住んでいるという。

「全部で六人が入居されているわけですね」

「阿久津さんがいなくなったから今は五人です」

多々良が暗い顔をして言った。レジデンス多々良は各階四戸ずつ部屋があるので全部で十六戸のはずである。つまり現状では三分の一も埋まっていないことになる。駅から少し離れているし年季が入っているということもあって不人気なのだろうか。自殺者が出たとなればさらにそれが強まるだろう。賃貸収入で生計を立てているであろう多々良には痛い話である。

「念のためヘンリーさんの彼女さんにも話を聞きたいです」

まどかが言うとヘンリーがすぐに対応してくれた。今度は彼について二階に向かう。二〇四号室のチャイムを押すと女性が顔を出した。寝起きなのか髪の毛がボサボサで目つきもトロンとしている。とはいえ年齢は二十代後半あたりで整った顔立ちである。ハンサムなヘンリーとはお似合いのカップルといえる。

「マスミ、こちら警察の人たちダヨ」

ヘンリーが紹介してくれたのでまどかたちは警察手帳を見せてお辞儀した。

「警察って阿久津さんのこと？　さっきも話を聞かれたわよ」

彼女は怪訝そうに眉をひそめた。

「我々は室田署の者です。別件で阿久津幹明のことを調べているんです」

「別件？　自殺じゃなくて」

「そうです」

彼女は「ふうん」とうなずくと湯川増美《ゆかわますみ》と名乗った。ヘンリーとはアメリカ留学中に知り合ったという。

湯川増美……？

彼女の名前はどこかで聞いたことがある。記憶の片隅に引っかかっているのは間違いないが今は思い出せなかった。高橋は神妙な顔つきで彼女を見つめている。

まどかは他の住人たちにしたのと同じ質問をした。

「さぁ……同じマンションに住んでいるけど私はほとんど交流がありませんでしたからね」

湯川も阿久津の自殺の動機はもちろん、レジ袋にも心当たりがないようだ。

最後にまどかたちは屋上に向かった。

周りに柵も手すりも設置されていない。また電灯も見当たらない。周囲は民家やマンションが広がっている。まどかは屋上の縁に近づいて下を覗き込んだ。真下を走るアスファルトの路面に落下したという。手すりがないから縁に立っていてちょっとした強風に煽《あお》られればバランスを失って落下するかもしれない。また背後から何者かに押されても簡単に落下するだろう。なにが起こったとしても、夜間であれば屋上は闇に包まれるから人目に触れなくなるだろう。成増署の刑事たちも「阿久津が屋上から飛び降りた」と言っていたから、第三者に突き落とされたなどの目撃情報は得ていなかったに違いない。

もし自殺だとしてその動機はやはり加山雄二の死と関係あるのだろうか。また阿久津は加山の腿から切り取ったであろう肉片をどうしてしまったのか。

「阿久津が死んでしまった以上、もうどうにもならないな」

隣に立って路面を眺めている高橋がため息をついた。

阿久津の死体損壊を証明したところで本人が亡くなっている以上、罰を与えることができない。もちろん検察に書類送検するくらいまではきちんと調べなければならない。それでも消化試合をこなしているような気分になってしまう。

「モチベーション下がりますね」

まどかは背伸びをして大きく息を吸い込んだ。

「だよなぁ。それでも肉片がどこに消えたのかは突き止める必要がある」

「消えた肉片の謎ですか。宝石とか現金とかもうちょっとロマンチックなものの消えた謎にしてほしいですね」

「オッサンの腿肉だからなぁ」

高橋がげんなりとした様子で降り口に向かった。

まどかたちは住人たちに礼を言ってマンションを辞去した。

次の日。

「加山と阿久津は港北大学出身で卓球部に所属してました」

森脇が帳面を見ながら報告する。阿久津は加山と同じ三十八歳で同学年、体育会系だった卓球部時代はダブルスを組んで苦楽を共にしていたこともあって大学卒業後もつき合いが深かったという。森脇たちは阿久津たちの友人知人に聞き込みをくり広げたが、彼らの間にトラブルがあったという証言は出てこなかった。

「それなりに仲良しだったというわけか……」

藤沢課長が納得したのかそうでないのかよく分からない表情でうなずいている。

「心臓発作というのは人為的に引き起こせるものなのか」

いぶし銀の朝倉が渋い声で小さく首を捻った。

「かかりつけ医の話では、たとえばビックリすることで発作が引き起こされることはあり得るそうです」

森脇の報告に朝倉の眉間の皺《しわ》が深くなった。わずかな可能性でもあればとりあえず疑うのが彼の信条だ。

「でも『おい！　大丈夫か』と相手を気遣うように声をかけてます」

まどかが報告する。

それは加山の隣室に住む杉浦礼子の証言だ。昨日、念のために再び杉浦礼子を訪ね、阿久津の写真を見せると、彼が加山の部屋に出入りする姿を何度か目撃したことがあったし、声をかけたこともあるという。そのとき杉浦は自分の耳が遠いことを阿久津に告げたそうだ。

「耳が遠いことを知ってるなら、わざわざそんな言葉を発して偽装することもないか」

藤沢が目を細める。

「殺意はなくても、たとえばふざけて相手を驚かせたということもあり得る。それで発作が起きてしまった……とかな」

朝倉が二股に割れたオトガイをさすった。

「なるほど、事故というわけですか。でも阿久津も死んでしまった今となっては知りようがないですね」

森脇が無念そうに言った。

「肉片はどうなったんだ」

藤沢が高橋に尋ねた。

「マンションから外には出ていないはずです」

マンションのすぐ近くにあるコンビニの駐車場に防犯カメラが設置されていた。まどかと高橋はコンビニ店主の許可をもらって今朝から映像を確認したばかりである。都合の良いことにカメラはマンションの入口に向いており、出入りがすべて記録されていた。

レジ袋を持ってマンションに入った阿久津はそれから一度も外出していない。出入り口は一つしかなかったので外出すればかならずその姿が記録されるはずである。皮肉なことに阿久津と思われる人影が落下して地面に衝突する瞬間も映っていた。

「つまりまだマンションの中にあるというわけか。阿久津はどこに隠しやがったんだ」

昨日はクローゼットや収納棚、ベッドの下まで室内をつぶさに調べてみた。しかし肉片はもちろんレジ袋も見当たらなかった。

「マンションの共有のダストボックスなんてのはないのか。その中に放り込んだのかもしれん」

「そういうのはなかったです」

まどかも同じことを考えて多々良に尋ねてみたが「ない」という返事だった。それから高橋はメモ帳を取り出してレジデンス多々良の住人たちの証言を報告した。

「湯川増美？」

湯川の証言を報告すると森脇が小首を傾げた。

「森脇さんの知り合いですか」

高橋が聞くと彼は「まさか」と首を横に振った。

「覚えてないか。二年ほど前にあっただろ。アメリカで日本人女性が地下室に監禁された事件」

「ああ！　ありましたね。アルバート・ルーカスでしたっけ」

高橋が外国人男性の名前を言うと、刑事たちは手をパンと叩いた。

アルバート・ルーカス。

まどかも知っている名前だ。

「数ヶ月にわたって地下室に監禁されていたそうだ。被害者たちは随分ひどい目に遭わされたと聞くが……彼女もその一人だったのか」

藤沢が顔をしかめた。彼にとって被害者女性は娘くらいの年齢である。

アルバート・ルーカスという中年の男は、旅行者や留学生など慣れない外国生活に不安を感じている女性たちを言葉巧みに誘って自宅に連れ込んでは、防音の施された地下室に監禁した。拷問まがいの苛烈な暴行を受けて命を落とした女性も多数出たという。湯川増美は唯一の日本人被害者で、隙を突いて地下室から逃げ出し警察に駆け込んだ。それがきっかけで事件が発覚したという。同じ地下室には他にも数人の女性が監禁されていたとワイドショーで報道されていた。

数ヶ月間も地下室でどんな目に遭わされていたのかと想像するとゾッとするものがある。殺されずに済んだのは不幸中の幸いだが、心に深い傷を負ったことだろう。湯川のトロンとした虚《うつ》ろな瞳は寝起きのせいだと思っていたが、違ったのかもしれない。あの金髪の青年との出会いが彼女にとっての癒やしと再生のきっかけになったのだろうか。

「それにしてもレジデンス多々良は不人気物件でしたね」

マンションは圧倒的に空室の方が多い。古い物件というのもあるかもしれないが。

「そもそもなんで阿久津は加山の腿なんて切り取ったんだ」

藤沢が自分の太腿を叩いた。

「加山が大腿部《だいたいぶ》にタトゥーを入れていたという情報は出てきてません」

朝倉が報告する。彼は加山がときどき立ち寄っていたという銭湯のスタッフや客たちに聞き込みをしている。朝倉らは加山が腿に阿久津にとって不利になる、もしくは利益になるなんらかの記号や模様を彫り込んでいたのではないかと考えていた。加山が偶然にも病死してくれたことで、阿久津はそれを抹消しようと考えたのではないか。しかしこれまでの情報からその推理も怪しくなってきている。

「とりあえず高橋と國吉は肉片を追ってくれ」

藤沢が顎を突き出して指示する。

まどかは心の中でため息をつきながら「はい」と答えた。

美味しいランチでも食べないとやってられない。

今日も腹時計は正確だった。本当になにかの電波をキャッチしているのではと思うほどの精度だ。刑事を辞めたら時計メーカーに転職できそう。

ランチは成増駅から少し離れたラーメン屋「満州軒《まんしゅうけん》」に入った。

「醤油豚骨《しょうゆとんこつ》が絶品だな」

「アルデンテを意識した少し硬めの麺もクセになりますよね」

満州軒は三ヶ月前にオープンしたばかりで路地裏という分かりにくい立地だが、その味の評判が早くもクチコミで広がって店の前には行列ができていた。値段はライス（お代り自由）と餃子《ギョーザ》付きで七百円。ティファニーは見習うべきである。

今日のランチにその店を選んだのはレジデンス多々良に近いからだ。店から数分も歩けば到着した。

「うん？」

高橋が目を細めて前方を見た。

キャップを後ろ向きに被った男性が敷地外から建物にカメラを向けている。

「なにをされているんですか」

「なんだっていいでしょう」

高橋が声をかけると男性は尖らせた目つきをこちらに向けたが、警察手帳を見せると途端に警戒の色を浮かべた。

「このマンションになにかあるんですか」

「いえ、入居したいと思って大家さんに聞いたんですけどね、断られたんですよ」

男性は肩をすくめた。三十代半ばだろうか。少しこけた頬から顎にかけて無精髭《ぶしょうひげ》がまばらに散らばっている。彼は帽子を取ってボサボサになっている長髪を掻き上げると再び被り直した。髪と髭をきちんと整えれば凛々しい顔立ちである。折り目正しい会社員には見えなかった。

「断られた？　空室が多いんでしょう」

まどかが言うと男性はカメラの電源を切りながらうなずいた。高価そうな一眼レフのデジタルカメラである。そして右腋《みぎわき》には新聞を挟んでいた。昨日の朝刊である。記事の一部が赤サインペンの丸で囲まれている。

「大家さんに紹介がないと受け付けないと言われました」

「そうなんだ」

こうしてみると塀にも外壁にも不動産会社の看板が見当たらない。どうやら不動産会社を通していないようだ。

「ところで、どうしてこのマンションに入居しようと思ったんですか」

思うところがあってまどかが尋ねると男性は「まあいろいろと」と曖昧に答えた。

「先日、ここで自殺があったのはご存じですよね」

まどかは彼の持つ新聞紙を指さした。赤丸で囲っているのは阿久津の件の記事だ。

「え、ええ……知ってます」

「そんな事故物件にわざわざ入居しようなんて普通思いますかね。部屋が違ったとしても気味が悪いですよね」

「事故物件なら……格安になる場合がありますから」

男性は苦し紛れといった様子で答えた。

「お名前と勤務先をお聞かせ願えますか」

「ど、どうして名乗る必要があるんですか」

男性がわずかに顔色を変えた。

「捜査の一環です。ご協力お願いしますよ」

高橋が笑顔ながら有無を言わさぬ口調で告げると、男性は舌打ちをして名刺を差し出した。

文蔵社《ぶんぞうしゃ》『アーバン・レジェンド』
ライター・雲母《うんも》知道《ともみち》

「『アーバン・レジェンド』って聞いたことがありますね」

「ああ、コンビニなんかでよく見かける雑誌だよ。派手な表紙でうさん臭いネタ満載の雑誌だ」

「私が見たのもそれです。ツチノコとか口裂け女を追うみたいな内容でした」

一度立ち読みしたことがあるが、タイトル通り都市伝説を扱ったオカルト雑誌だ。UMAやUFOや心霊の映った写真が満載だった。今どき小学生でも真に受けないネタばかりだった。

「うさん臭くて悪かったですね」

雲母は不満そうに言った。彼はこの雑誌に記事を書いているライターだという。

「ここに入居しようと思ったのは取材のためですか」

「まあ、本気で入居しようと思ったわけではなくて、取材のために接触したんですけどね」

「あのマンションになにかあるんですか」

もしかして阿久津の死に関係があるのだろうか。まどかは興味を引かれた。

「マンションというより住人です。その中の一人にどうもある宗教の信者がいるようなんです。実は先月号からその宗教についての特集記事を組んでましてね」

「ある宗教って……」

まどかはニュースやワイドショーで信者の洗脳騒動などがたまに話題になる宗教の名前をいくつか挙げた。

「その手の新興宗教ではありません。N県の寒村で戦国時代から伝わる『マリキョウ』です。ご存じですか」

「マリキョウ?」

まどかが聞き返すと、雲母はバッグからノートを取り出して「摩利教」と書いた。

「いやあ、聞いたことがないなあ」

高橋が首をわずかに傾けた。

「摩利って摩利支天のことですかね。それだったら仏教系の宗派かなにかですか」

まどかが聞くと、雲母は首を横に振りながら「いいえ」と否定した。

「摩利教の『マリ』は聖母マリアから取ったとされています」

「マリアってそんな当て字になりましたっけ」

「もちろん違います。摩利支天にこじつけてカムフラージュをしたようです」

「カムフラージュ？　なんのためにそんなことをするのですか」

「分かりませんか。江戸時代、キリスト教は禁止されていたんですよ」

そこで高橋が膝を打った。

「なるほど！　隠れキリシタンというわけか」

「摩利教という名称ならキリスト教なんて思いませんもんね」

まどかも得心した。

高校の授業で習った日本史を思い出す。キリスト教が本格的に禁止されたのは徳川家康の天領禁教令からだ。大坂の陣を控えていた家康は、キリスト教勢力が豊臣側につくことを危惧して禁教に踏み切った。このころにはキリスト教宣教師を通した南蛮貿易への依存度が低下していたという背景もあったといわれている。

「当時の資料を調べてみると弾圧はひどかったようです。浦上崩《うらかみくず》れや天草《あまくさ》崩れなど歴史に残る迫害が行われました」

隠れキリシタンが摘発されることを当時は「崩れ」と呼んだそうだ。その中でも浦上四番崩れは有名である。

「信者たちはひどい拷問を受けて改宗を迫られたそうですね」

「そうです。駿河《するが》問《ど》いという拷問が凄《すさ》まじかったようですね。背中を反らせた状態で両手両足を縛り、そこに重りを載せて天井の梁《はり》に吊《つる》すんです。その状態で縄をよじらせて勢いをつけて体を回転させる。そうすると体の穴という穴から体液や血が噴き出します。多くは気絶してしまうけど、水をかけるなどして意識を戻してまた同じことをくり返すんです」

「うわぁ、ひどいことするなあ」

その場面を想像すると背筋に冷たいものを感じた。どうしたらそんな残酷な拷問が思いつくのだろう。処刑や拷問に携わる者たちの想像力のたくましさに怖気《おぞけ》が立つ。

「それでも信仰を捨てることができなかったのでしょう。生き残った信者たちは孤島や寒村に身を隠しながら弾圧をかわすために様々な方策を考えました。たとえば表向きには自分たちの信仰を土着の宗教に同化させてカムフラージュすることです。そうすれば表向きにはキリシタンには見られない。しかし彼らのそうしたアレンジによって、信仰が本来のキリスト教の教義とは異なるものに変容してしまうことが起こった。中にはキリスト教とは似ても似つかぬ異様なまでに歪《ゆが》んでしまった宗派が生まれてしまったのです」

「その一つが摩利教ですか」

まどかに向かって雲母がうなずいた。

「僕もいろいろと摩利教について現地の郷土研究家に取材するなどして調べてみたんですよ」

摩利教はN県の山間部深くにある人口二十人に満たない摩利村という集落で今でも信仰

されているという。摩利村は周りが深い山々で囲まれており、村に辿《たど》り着くには複雑に入り組んだ獣道を通らなければならない。世間とは完全に隔絶された寒村らしい。

雲母が解説を続けた。

「摩利教は摩利村のみで信仰されている秘教です。弾圧当時、周囲には摩利支天を崇《あが》める山岳信仰の村があったんですが、彼らとはコミュニケーションを一切持たず独自の宗教として現代まで受け継がれてきました。僕も現地に入って村人たちに接触したんですが『部外者とは話をしない』と取りつく島もない状況でした。ほとんど老人でしたが若者や子供も数人いました。十戸ほどの民家はすべて高い石塀で遮蔽《しゃへい》されていてとにかく閉鎖的なんです。ひとつだけ神社があったけど鳥居が普通とは少し変わってましたね」

彼はスマートフォンで撮影した鳥居の画像を見せた。いちおう鳥居の体を成しているが一般的な神社に比べて柱の数が多い。

「その摩利教が都市伝説と関係があるんですか」

まどかが聞くと雲母は瞳を光らせた。

「独自となるとリーダー格の信者によっていくらでも教義が歪められてしまうわけです。摩利教の創始者の一人に『山本ヤジロベー』という男がいたんですが、郷土研究家によるとどうもそいつは悪魔主義者だったらしいんですよ」

「つまり摩利教は邪教だったというわけですか」

「徹底的に秘密主義だったのは隠れキリシタンということもありますが、禁教令が撤廃された後もそれが続いているのはそういう理由があるからではないのかと考えられます。摩利教の存在を外部の人間が知ったのも十年ほど前のことで、郷土研究家ですらその全容の把握にはほど遠いと言ってましたから」

雲母はスマートフォンで撮影した村の画像を見せてくれた。彼の言うとおり、民家は高い塀で遮蔽されていて内部を窺《うかが》い知ることができないようになっている。道端に立っている中年の男性も警戒した目つきでこちらを見ていた。写真の中の風景には山に掛かった靄《もや》が相まってどことなく不気味な空気が漂っている。

「現代までずっと隠し続けてきたなんて秘密主義にもほどがありますね」

「外部に漏らしてはならないという鉄の掟《おきて》があったみたいです。それを破ると命はないそうですよ」

「ホラー映画にそんなのがありましたよね」

その映画は秘匿の掟を破った村人が生《い》け贄《にえ》として火あぶりにされるというストーリーだった。似たようなことが摩利村でも起こっていたのだろうか。

「ところで摩利教の住人ってもしかして……」

と高橋。まどかも彼と同じ予感がしていた。

「ええ。二日前の夜にあのマンションの屋上から落ちて死にました」

雲母が悔しそうに顔を歪めた。

「阿久津……その住人を取材していたんですね」

「何度か接触を試みたんですが、けんもほろろでした」

「彼が摩利教の信者だとどうやって知ったんですか」

「投書です。うちの雑誌にはガセも含めて全国からその手の情報が集まってくるんですよ」

ある日、匿名のメールが『アーバン・レジェンド』編集部に届いた。スーパー金山屋に勤務している阿久津幹明という男が摩利村出身で摩利教の信者であるという内容だった。夜な夜なマンションの部屋で悪魔の儀式を行っているという。

「その話を他のマンションの住人にもされたんですか」

高橋が尋ねると雲母は静かにうなずいた。

「大家さんに確認を取ったんですが、そんなことはないと突っぱねられました。でも絶対に怪しいですよ。あれだけ空室があるのに他の住人を入れないなんて、まるで摩利教みたいじゃないですかぁ」

「つまりあそこの住人は悪魔主義者ってわけですか。レジデンス多々良は悪魔の巣窟だと」

高橋が呆れた口調で言った。

「アイラ・レヴィンの小説で『ローズマリーの赤ちゃん』ってご存じですか。ロマン・ポランスキー監督によって映画化もされてますけど」

「ちょっと古い恐怖映画ですよね。昔、観たことがあります」

高橋が応えるもまどかは観たことがなかった。なんでも悪魔主義者に追われる妊婦を描いた映画らしい。

「レジデンス多々良も映画みたいな感じじゃないかと思って、住人たちのことをいろいろと調べてみたんです。すると彼らは悪魔につけいられる経歴の持ち主ばかりなんですよ」

そういえば住人の一人である湯川増美はアメリカ留学時、アルバート・ルーカスによって数ヶ月にわたって地下室に監禁されている。相当なトラウマを抱えていることだろう。そんな絶望的で破局的な状況に陥った彼女が悪魔崇拝に傾いてしまうのも分からないでもない。さっそく雲母は彼女の話をした。

「他の住人はどうなんですか」

まどかが聞く。

「湯川の交際相手であるアメリカ人は元外人部隊の傭兵《ようへい》です」

「ああ、ヘンリーね」

とまどか。

「相当に過酷な戦場だったようで彼が配属された部隊は補給路を断たれて孤立した中で毎日のように敵の襲撃を受けて、彼は数少ない生き残りだったそうです」

「まるで『ランボー』みたいなやつだな。そんなタフそうには見えなかったが」

高橋が少し感心した様子で言った。とはいえヘンリーも恋人と同様に深い心の傷を負っていただろう。

「大山兼彦、顔に大きなアザのある男は、二十年前にカナダで起きた飛行機事故の生き残りです。乗客二百人に対して生き残ったのは彼を合わせて数人。当時はニュースにもなって話題になりました」

「ああ、うっすらと覚えてる。そんなことがあったなあ」

高橋は覚えているようだがまどかは知らなかった。二十年前といえばまどかは小学生に上がったばかりで、彼は中学生だったはずだ。

「十五年ほど前に埼玉県春日部《かすかべ》市で起こった女性バラバラ殺人事件で福重祐一は容疑者として警察にマークされていたそうです。調べてみると彼の周囲では不自然に失踪したり蒸発した人間が多いんですよ。もっとも決定的な証拠が出てこなかったようで春日部の事件は迷宮入りしちゃったそうですけどね」

春日部の事件のことも知らないが、福重は少し不気味な顔立ちで色白な男だった。あの深い沼を思わせるドロリとした目つきを思い出すとゾクリとするものがある。あの顔だけで悪魔的だ。

「よく調べ上げましたね」

「これでもいちおう雑誌のライターですからね。うちの雑誌はたしかにうさん臭いネタのオンパレードですけど、取材は徹底しているんですよ」

雲母は胸を張って言った。

「それで……大家の多々良さんはどうなんですか」

「彼も摩利村の出身なんです」

「えぇっ！」

まどかと高橋は驚きの声を重ねた。それも同じメールから得た情報だという。

「以前の入居者にも摩利村出身者がいたんですよ。その人は二年ほど前に交通事故で亡くなっています」

「交通事故ですか……」

メールの送信者は摩利村の事情に詳しい者だろうか。

「刑事さんたちは阿久津さんの死になにか不審を感じているんですか」

雲母が瞳に好奇を滲ませた。

「いえ、そういうわけではありません。仕事なので一通り調べなくてはなりませんから」

「そうだったんですか」

まどかが答えると彼の瞳は好奇から失望の色に変わった。

雲母と別れてレジデンス多々良の敷地内に入ると建物から箒《ほうき》とちり取りを持った多々良が出てきた。

「おや、刑事さん。捜し物は見つかりました？」

彼はまどかたちを認めると声をかけて玄関前を掃き始めた。

「実はそのことでお伺いしました。我々の捜しているのは阿久津さんがマンションに持ち帰った金山屋というスーパーのレジ袋なんですが」

「ああ、そう言ってましたね。結局あの中にはなにが入っていたんですか」

「捜査中のため中身についてはお答えできませんが、その袋がまだマンションの中にある可能性があるんです」

まどかは防犯カメラで確認した限り、阿久津がスーパーのロゴが入ったレジ袋を持って帰宅してから屋上から飛び降りるまで一度もマンションの外に出ていないことを伝えた。

「それはおかしいですね。どこにしまったのかな」

「もう一度、彼の部屋を確認させていただいてよろしいですか」

「阿久津さんは自殺なんですよね」

「それを調べるのは成増署の仕事ですから」

藤沢課長から聞いた話では成増署は自殺または事故と見なしているらしい。今のところ遺書らしきものは見つかっていないというが、当夜はつよい風が断続的に吹いていた。屋上の端に寄れば強風に煽られてバランスを崩したかもしれない。とはいえ落下するには屋上のヘリに寄らないとならないだろう。事故ならなんらかの事情で階下を眺めようと思ったのかもしれない。もっともそれらを検証するのも成増署だ。

「ああ、そうでした。お二人は別件でしたね」

「今一度、阿久津さんの部屋を確認させてもらうわけにはいかないでしょうか」

「もちろんかまいませんよ」

まどかたちは玄関扉の鍵を多々良に開けてもらい阿久津の部屋の中に入った。多々良は掃除があるからと外に出て行った。

それから三十分ほどかけて室内を念入りに調べてみた。浴室の天井裏も確認してみたがレジ袋は見つからなかった。

「部屋の中にあるはずなんだが」

昨日、住人全員に聞いたが誰も袋を見てないし、ましてや受け取ってもないと答えた。

「嘘《うそ》をついているのかもしれませんね」

「中身が中身だぞ」

高橋がもどかしそうに室内を見回した。

「阿久津が窓から投げ捨てたのかも」

「確認してみよう」

二人は外に出て阿久津の部屋の真下付近を捜したが見当たらない。

「どうですか。見つかりましたか」

やがて掃除を終えたらしい多々良が近づいてきた。二人が首を振ると「そうですか」と素っ気なく言った。

「ところで多々良さんはN県の摩利村出身なんですってね」

まどかが言うと多々良の顔色がサッと変わった。

「ははあ……雲母さんという人から聞いたんですね」

「ええ。先ほどマンション前で話を聞いたんです。入居を断られたと言ってましたけど」

「彼の目的は取材ですよ。オカルト雑誌のライターらしいですからね」

多々良は吐き捨てるように言った。雲母の思惑を見抜いていたようだ。

「亡くなった阿久津さんも同郷なんでしょう」

「ええ。小さい村ですから住民は親戚です。そのよしみで彼を受け入れたんです。今となっては恩を仇《あだ》で返されたってところですが」

「空室が目立つ……入居審査は厳しいようですね」

「トラブルは困りますからね。大家としてそれは慎重にもなりますよ」

「たしかにそうでしょうけど。それはそうと以前にも摩利村出身の人が入居していたとか」

「それもあのライターから聞いたんですか」

「まあ……」

まどかは曖昧にうなずいた。

「沢渡《さわたり》さん……その住人なんですけど、二年前に車に轢《ひ》かれて亡くなりました。若年性の認知症でね。ときどきおかしなことを言ったり突然笑い出したりしてました。私らがもうちょっと注意しておれば、あんなことにはならなかったのに……」

多々良は悔しそうに唇を噛んだ。

同じマンションに住む摩利村出身者が二人も死んでいる。

「多々良さんは摩利教の信者なんですか」

　高橋の質問に多々良は気色ばんだ。

「止めてください。あの村が嫌で出てきたんです。沢渡さんも阿久津さんもそうですよ。あのライターも言ってませんでしたか。摩利教は邪教だって。隠れキリシタンという事情から生まれた宗派ですから秘密主義であるのは伝統です。それがよそ者にあらぬ拡大解釈を与えてしまった。だからこそオカルト雑誌なんかのネタにされるんですよ。そんなこともあって摩利村は昔から差別を受けてきました。だから道路も整備されず今でも孤立したままです。そんな村に嫌気が差したんです」

　多々良の瞳には憎しみとも悲しみとも怒りともつかない、どんよりとした淀みが浮かんでいた。

「摩利教とはどんな宗教だったのですか」

「至って普通ですよ。村人が亡くなれば祈りを捧《ささ》げて死者を送り出す。長い間差別を受けてきたからその儀式も閉鎖的です。皆さんが思うような黒ミサなんてないですよ」

　彼は嫌々をするように頭と手を左右に振った。

「他の住人の方たちは摩利村の出身というわけではないですよね」

「ええ。もちろんそうです」

「彼らはどういった審査基準で入居を認めているんですか」

「それは……第一印象ですかね。面談してみて印象が良かったら受け入れます」

多々良はほのかに笑みを浮かべて暗くなっていた表情を変えた。

「阿久津さんのことなんですが……」

高橋が話題を戻すと多々良はあらたまったような表情で小さくうなずいた。

「彼に変わったところはありませんでしたか。たとえば変わった性癖というか嗜好《しこう》の持ち主だったとか」

「心当たりはないですね」

多々良が即答した。

まどかは人の視線を感じてマンションを見上げる。四階の窓から福重が顔を覗かせていた。泥のような目でこちらを見つめている。しかしまどかと目が合うとサッとカーテンを閉めて姿を消した。


まどかたちは成増署の交通課に立ち寄っていた。

「二年前の三月二日午後二時四十五分、現場はレジデンス多々良前の路上ですね。道路を横断しようとしたところを近所に勤務する会社員の運転するワンボックスカーに轢かれたそうです」

まどかは調書を読み上げた。被害者は沢渡修司《しゅうじ》で目撃証言は多数出ているようだ。それによれば沢渡は虚ろな目でゲラゲラと笑いながらフラフラとした足取りで、見るからに危なっかしかったという。誰かに背中を押されたなど事件性はなさそうだ。かかりつけの医師の所見も記されており、それによれば脳細胞の萎縮による認知症があげられていた。

「まだ五十歳だろ。認知症なんて年齢じゃないよな」

高橋が調書を横から眺めながら言った。

「いわゆる若年性アルツハイマー病なんですかね」

「とりあえず事件性はないようだな」

まどかたちは沢渡の死因が気になって管轄である成増署に調べにきた。阿久津と同じ摩利村出身者であることに引っかかりを覚えたのだ。しかし調書を見る限りではよくある交通事故に他ならない。白昼の出来事だ。目撃した通行人も複数いる。

「やっぱり阿久津も自殺かな」

「摩利村出身者が二人も自殺。なんか引っかかるんですよねぇ」

「あのマンションだろ」

「ええ。なにかを隠しているような気がしてならないんです」

「俺もそうなんだが……。事件性はなさそうだしな」

摩利教の話を聞いてからレジデンス多々良とその住人たちにうさん臭い印象を持ってしまった。それもあって沢渡の死は仕組まれたようなものに思えてならないのだ。

「沢渡のかかりつけ医師にも話を聞いてみましょう」

「俺たちの仕事はそれじゃないだろ。肉片捜しだ」

「そ、そうなんですけどなんか気になるんですよ」

「まあ、気持ちは分かる。病院もすぐそこだからついでに寄ってみるか」

沢渡の担当医師・寺田《てらだ》が勤務する成増第一病院は成増署を出て徒歩数分だった。寺田はふさふさした白髪の老境に入りかけた男性医師だった。

「先日も男性が話を聞きに来ましたがそれと関係ありますか」

まどかたちが警察手帳を掲げると寺田は安心感を与える穏やかな笑みを向けながら言った。

「その男性って……」

まどかが雲母の見た目を伝えると寺田は「その人物だ」と認めた。雲母もなにかを探りにここに来たようだ。しかし寺田は守秘義務ということで彼には患者のことは話さなかったという。しかし捜査への協力はやぶさかでないようだ。担当していた患者である沢渡修司のことについて語り出した。

「病理解剖したわけでないので断定はできないのですが、脳波やMRI、髄液検査から若年性アルツハイマー病ではなくクロイツフェルト・ヤコブ病を疑いました。あくまでも疑いなので警察には病名を伝えなかったんですけど」

「それって十年くらい前の狂牛病騒動のときに話題になりましたよね。たしかBSE問題でしたっけ」

まどかが言うと寺田は満足そうにうなずいた。

「BSEとはBovine Spongiform Encephalopathy の略、つまり牛海綿状脳症のことです。

二〇〇一年に千葉県でＢＳＥの疑いがある牛が発見されました。そして二〇〇三年に米国で発見されたことで同国の牛肉の輸入が禁止されました」

「よく覚えてますよ。それで俺は大好きだった牛丼が食べられなくなったんだ」

高橋が懐かしそうに目を細めると、まどかと一緒に寺田が笑った。

「その病気はアルツハイマー病との判別が難しいんですか」

「クロイツフェルト・ヤコブ病は異常プリオンが脳内に侵入して脳細胞に海綿状の隙間をつくります。脳がスポンジのようにスカスカになるんですね。認知症や視力障害、歩行障害が起こります。それは傍《はた》から見ればアルツハイマー病と似ています。正確な診断にはやはり脳細胞の病理検査をしないと難しいですね」

「つまり沢渡修司はＢＳＥに感染した牛肉を食べたことがあるかもしれない、ということですね」

もしそうであれば沢渡は国内の狂牛病における犠牲者ということになる。

「そうかもしれないんですが、実は他にも可能性があります。クロイツフェルト・ヤコブ病を引き起こす原因、異常プリオンはなにも牛肉だけが感染しているとは限らないんですよ」

寺田がニヤリとした。それまで穏やかで優しげだったのに底意地悪そうな笑みに変わっていた。

「それってもしかして……」

まどかにはピンと来るものがあった。高橋も同じように思い当たったようで眉をひそめている。

「お二人はクールー病をご存じですか」

寺田が愉快そうに言った。

聞いたことのない病名だった。

三日後。

昼時は満席に近かったティファニーも午後二時を過ぎると閑散としている。それにしてもこの店は日に日に客足が伸びているようだ。奥の席には見知った男性が座っていた。テーブルにはいくつかのメニューが並んでいる。

「笹塚さん」

まどかは男性に声をかけた。彼は顔を上げてまどかと高橋を交互に見た。料理評論家の笹塚明仁だ。

「ああ、カップルの刑事さんか」

「や、止めてください。カップルじゃないですって」

まどかは胸の前で両手をヒラヒラさせた。

「そうか？　美男美女でお似合いだと思うんだがなあ」

「刑事同士なんてあり得ないですよ」

「そんなもんかね。互いの職務に理解があるからこそ上手くいくんじゃないか」

笹塚はむしろ意外そうな顔をしている。

「もうね、刑事という時点でNGなんですよ。刑事の妻なんて幸せになれないことを一番知っているのが私たち刑事ですから」

「おいおい、俺の夢と希望と人生をそこまで徹底的に否定しなくてもいいだろ」

高橋が眉を八の字にして話に入ってきた。

「す、すみません。そんなつもりじゃ」

「言ってることが的を射ているだけに、いちいち胸にグサグサとくるんだよ」

「高橋さんは素敵な夫になれると思います」

「今さら遅いわ！」

まどかと高橋のやりとりを笹塚は愉快そうに眺めていた。

「それはそうと笹塚さん。毎日のようにお見かけしますよ。すっかりここがお気に入りのようですね」

まどかは笹塚に向き直って言った。それにしてもこれだけの量を一人で食べてしまうつもりなのか。テーブルには数人分の料理が載っていて、まるでどこかの国の王様のランチのようだ。もしよかったら手伝ってあげたい。

「現在手がけている研究テーマがあの男性だからね」

彼はそっと厨房を指さした。

「古着屋さんですか……」

「あの料理人がいったい何者なのか。まずは彼の経歴を探ろうと思っているんだ」

「そんなの直接本人に聞けばいいじゃないですか」

「あの男が易々と答えるわけないじゃないか。あんただって分かるだろう」

「まあ、たしかにそうですけど」

まどかは苦笑して古着屋を見た。彼は黙々と仕事をしている。ティファニーに立ち寄る際、何度か彼に声をかけているが、その多くは無視される。料理に関する話題でも最低限の会話しかしてこない。客に対するホスピタリティを微塵《みじん》も感じさせないぶっきらぼうで愛想なしの対応を見ると、コミュニケーション能力に問題があるというより、人間嫌いなのではないかと思う。そんな彼に経歴を聞いたところで答えてくれるとは思えないし、笹塚の取材に協力的にならないだろう。料理の説明だってろくにしようとしない料理人なのだ。

「あんたたちはこれから昼食なのかね」

「いいえ。ここで待ち合わせなんです」

「仕事か」

「もちろんです。それではごゆっくり」

まどかと高橋は頭を下げると笹塚から離れた席に腰掛けた。厨房のすぐ近くの席だ。厨房に顔を向けると一瞬だけ古着屋と目が合ったが彼は素っ気なく視線を調理台に戻した。

時計を見ると待ち合わせの二時半だった。まもなく店の入口の扉が開いて五人の男女が入ってきた。

「多々良さん、こちらです」

まどかが声をかけると先頭の男性はうなずいて近づいてきた。男性はレジデンス多々良の大家である多々良芳信だった。その後ろに大山、福重、ヘンリー、湯川が続く。

まどかと高橋は立ち上がって頭を下げる。

「皆さん、わざわざご足労いただきありがとうございます」

「いえいえ。お礼を言うのはこちらですよ。ランチクーポンをいただいたんですから」

彼はゆったりと微笑んだ。

「それにしても住人全員に集まっていただけるとは。多々良さんにクーポンを使っていただいてよかったです。差し上げたかいがありますよ」

「大山さんが以前にここでランチを食べたことがあってオススメだと言うんですよ。それで他の皆さんもぜひ行きたいということになって」

多々良が言うと他の住人たちも和やかにうなずいた。湯川は大きな瞳を輝かせている。

「そうなんですよ。ここは仕事をさぼってでも行く価値があります。私は今日で三回目ですよ」

顔に紫色のアザのある大山は嬉しそうに目尻を下げた。ヘンリーも湯川も仕事を抜け出してきたという。福重は失業中で失業保険で生活していると言った。

「ちょうど五人分だったので捜査協力のお礼も兼ねて不躾《ぶしつけ》ながら届けさせていただきました」

昨日、まどかはティファニーのランチクーポン券を多々良に届けた。券には一枚で五人まで使えると記載されている。

高橋が向かいの席を促すと多々良たちは着席した。すぐさままどかは備え付けのサーバーで人数分のお茶を淹《い》れてテーブルに運んだ。

「警察署の地下に食堂があったんだ。私たちみたいな一般市民も利用できたんですね」

多々良は店内を見回した。

「といっても殺風景でしょう。もうちょっとお洒落だといいんですけど」

まどかは当てつけるように言ったが、聞こえたのか聞こえてないのか古着屋は黙々と仕事を続けている。

「その分、お安いんでしょう……ってそうでもないのか」

彼は壁に掲げられているメニューと料金を目を細めながら眺めた。

「ランチはどれも千円超えですからね。さすがに毎日のようには通えませんよ」

「グルメの大山さんが絶賛するくらいだから、それだけ味に自信があるんでしょうなあ」

「お口に合うといいんですけどね」

まどかが言うと一同は表情に期待の色を浮かべた。

「大した協力もしてないのにご馳走していただけるなんて申し訳ないですね。ところで中身がなんだか知りませんが例の袋は見つかったのですか」

多々良がお茶に口をつけながら聞いてきた。

「残念ながら見つかってないです」

「そうですか……。お役に立てなくて申し訳ない」

彼が神妙に頭を下げた。

「いえいえ、多々良さんが謝るようなことではないですよ」

そうこうするうちに古着屋が料理を運んできた。

「今日はコックのおまかせ料理なんです」

まどかが住人たちに告げると古着屋はニコリともせずに料理が盛りつけられている皿をそれぞれの前に置いた。

「ほぉ……」

プラスティック製の皿の中央には湯気の立ったこぶし大のハンバーグが置かれて、その周囲をレタスやトマトやキュウリ、アスパラガスたちが彩っていた。香ばしい匂いが漂ってくる。

まどかはそっと息を止めた。

落ち着いて……。これはただのハンバーグよ。

心の中で念じる。

「見るからに美味しそうね。私、ハンバーグは大好物よ」

湯川が舌で唇を舐めながら言った。福重は顔を皿に近づけて匂いを楽しんでいる。

「コックさん、ちょっといいかな」

大山が全員分の料理を配膳し終わって席を離れようとする古着屋を呼び止めた。彼は立ち止まると大山に無愛想な顔を向けた。

「なにか？」

「これはなんの肉かな」

大山は肉にナイフを入れて二つに割ると、赤い断面をフォークの先で差した。

「いろんな肉を混ぜ合わせて独自の調理法で味つけしてある」

「独自の調理法？」

今度は福重が尋ねた。

「それについては教えられない。企業秘密だ」

古着屋は素っ気なく答えるとそのまま厨房に戻っていった。

「なんだよ。こちらは客だぞ」

福重は不満そうに唇を尖らせる。

「相変わらずおもてなしの精神がゼロだよな」

高橋は苦笑するも心なしか顔が引きつっている。

「まあまあ、お茶でも飲んでくださいよ」

まどかは高橋にそっとお茶を差し出して自分も口に含んだ。

もっと重大な秘密がありますよね、古着屋さん。

まどかは多々良たちに聞こえないよう、そっとつぶやいた。

「刑事さんたちは食べないのデスカ」

二人のやり取りを眺めていたヘンリーがフォークとナイフを持ち上げながら言った。

「わ、私たちはもう昼食を終えてますので……」

まどかも高橋も笑顔を取り繕った。今日のランチは室田町三丁目に新しくオープンしたパスタ専門店『ヴォーノ・ヴォーノ』のアマトリチャーナだった。ここの麺は腰が弱くて今ひとつだがソースは絶品である。麺さえ改良されればまた食べに行きたいと思う。

しかし今は……食欲がわかない。

「それではいただきます」

多々良は手早くハンバーグを切り取って口の中に入れた。

その様子をまどかは息を潜めて見つめた。

それぞれが咀嚼《そしゃく》しながら驚いたように目を丸くしている。湯川は口を手のひらで覆っていた。

「どうですか」

まどかはおそるおそる五人に感想を求めた。しかし誰も何も答えない。そのうち福重が一心不乱に肉を頬張り始めると、他の四人も堰《せき》を切ったように残りの肉にかじりついた。向こうの席では笹塚が不思議そうにこちらを眺めている。

「あ、あの……」

一番最初に平らげた大山が手を挙げた。

「どうしました？」

と高橋。

「お代りをもらってもいいですか」

「大山さん、止めなさい」

突然、多々良が大山の手を下げさせた。彼の瞳は飢えたハンターのように無機質な光を放っていた。

「な、なんでだよ」

「我々はご馳走になっているんだ。みっともないですよ」

多々良が厳しい口調で言うと大山はしばらく相手の顔を見つめていたが、納得したように小刻みにうなずくと大人しくなった。他の者たちも心配そうに二人のやり取りを見つめている。その瞳も大山と同じ光を放っていた。

「すみませんね。お代りはないんですよ」

まどかが謝ると一同の顔に失望の色が浮かび、その眼光はさらに鋭さを増した。

「刑事さん……」

料理を食べ終えた多々良がお茶を口に含むと、あらたまった様子でまどかと高橋に向いた。

「なんでしょうか」

「阿久津さんの持ち込んだ袋の中にはなにが入っていたのですか」

多々良はまどかの瞳の色の変化を読み取ろうとするようにじっと見つめながら聞いた。

「実はお肉です」

まどかが告げると多々良は目を細めた。他の四人も怪訝そうに顔を上げた。

「警察はどうしてそんなものを捜しているんですか」

他の住人も大方食事が終わっていた。口をモゴモゴと動かしながらどことなく警戒したような様子でこちらを見つめている。

「多々良さんは摩利村のご出身ですよね。阿久津さんも、それ以前にマンションに住んでいた沢渡さんという方もそうらしいですね」

「あの雲母というライターから聞いたんでしたね」

「そうです。摩利教のことも聞きました」

まどかは首肯しながら続けた。

「隠れキリシタンの名残もあって秘教めいたところはありますから変な噂《うわさ》が出回ってるようですけどね。『アーバン・レジェンド』みたいなオカルト雑誌が煽《あお》っているだけですよ」

多々良は迷惑そうに虚空を手で払った。

「その雑誌を取り寄せて私も読んでみました。たしかに誇張してある部分も多いと思います」

あれから雲母に連絡して摩利教を記事にしてあるバックナンバーを送ってもらったのだ。摩利教を悪魔崇拝と決めつけるような内容だったが、根拠の多くは憶測の域を出ず誇張している印象が強い。しかしそういった先入観を持たずにこの記事を読めば信じてしまう読者もいるかもしれない。

「そうでしょう。先日もお話ししたように摩利村は邪教の村と見なされて差別を受けてきた歴史がありますし、それも現在進行形なんですよ。あのような雑誌が人々の偏見を助長しているんです」

彼はわずかに声を荒らげた。

「でもやはり一つくらいは変わった風習があるんですよね」

「な、なにが言いたいんですか」

多々良の顔色がわずかに変わった。

「お通夜の風習です」

「バカバカしい。あの記事はデタラメですよ」

「そうなんですか……」

『アーバン・レジェンド』の記事には摩利村の通夜の風習について記されていた。それはおよそ信じがたいものだった。

「摩利村出身の沢渡さんは亡くなったそうですね」

「認知症だった沢渡さんは道に飛び出して車に轢かれて亡くなりました。同郷として哀しい出来事でしたよ」

　多々良は表情を曇らせた。

「話は変わりますが、クールー病という病気をご存じですか」

「いいえ。初めて聞く病名です」

　まどかが聞くと多々良は首を小さく振った。

「クロイツフェルト・ヤコブ病の類縁疾患です」

「ああ、それなら聞いたことがあります。狂牛病騒動でニュースになりましたよね。異常プリオンタンパク質が原因で脳みそがスポンジみたいになってしまうとかいう。あの騒動以来、牛丼屋からは足が遠のきました」

「クールー病はパプアニューギニアの風土病です。クールーとはパプアニューギニアに住む少数民族のフォレ族の言葉で『恐怖に震える』を意味します」

「ほぉ、刑事さんは博学なんですね」

　多々良が頬を引きつらせながらうなずいた。

「ネットで調べたんですよ。罹患者は病的な笑いを見せることから現地では笑い病とも呼ばれているそうです」

「そう言えば沢渡さん、たしかに狂ったように笑いながら道路に飛び出して車に轢かれました。それまでにも突然大笑いすることが何度もありましたね。手足の震えがひどいときは立ち上がれないこともしばしばでした。それにしてもパプアニューギニアの風土病にどレジデンス多々良の住人たちは一斉にまどかを見た。まどかはさらに続けた。

「死体の体内に蓄積された異常プリオンを摂食することによって発症します。一九五〇年代に統治していたオーストラリアがフォレ族に対して人肉食をやめるように命じたところ患者は減少していきました。現代ではほとんどみられません。だけど決してゼロではないのです」

「フォレ族には……人肉食の風習があったんです」

うして沢渡さんが罹《かか》るんですか」

クールー病については沢渡のかかりつけ医の寺田に聞いた。とはいえクロイツフェルト・ヤコブ病のついでに出た話であって彼も患者がクールー病とは夢にも思っていないし考えていない。この現代の日本で人肉食、ましてクールー病で死んだ人間の脳を食べることなどあり得ないからだ。

「つまり沢渡さんは人肉を食べていたということですか」

多々良は頬をさらに引きつらせたまま鼻を鳴らした。

「摩利教にもそのような風習があるそうですね。信者が亡くなるとその通夜で死体の肉や肝を食べるとか。そうやって死者の魂を取り込むそうですね」

「そんなの都市伝説です。例の雑誌に書いてあったんでしょう」

彼は声に険を滲ませた。

「それはそうと大山さん。二十四年前にカナダで飛行機事故に遭ってますね」

今度は高橋が言うと大山は眉をひそめた。

「も、もう昔の話ですよ」

彼はその話はしたくないと言わんばかりに手を左右に振った。それでも高橋は続ける。

「乗客二百二十三人に対して生存者は四人だったそうですね。雪山に墜落して発見が大幅に遅れたのに奇跡的な生還だったと当時のニュース報道で報じられたことを覚えてます」

「本当に運が良かっただけです」

「それについて心ない報道があったようですね」

「止めてください。思い出したくもない！」

大山は顔のアザを歪めながら訴えた。

「偶然ですかね。ここでもカニバリズムの話が出てくるなんて」

「だから根も葉もないデマです。マスコミのでっち上げですよ！」

「そうですか……。それなら福重さんはどうなんでしょう」

高橋が福重に向き直った。彼は三白眼で高橋を見つめた。

「私がなにか」

「十七年前に埼玉県春日部市で起こった女性バラバラ殺人事件。あなたは容疑者として警察の取り調べを受けてますよね」

女性の頭部や四肢、胴体の一部が複数の公園のゴミ箱から見つかって大きな騒ぎとなった。

「たしかに取り調べを受けたが、まもなく釈放されたよ。明らかに警察の思い違いだ。自白も強要されたが、それだけはしなかった。随分とひどい仕打ちを受けたね。ああやって冤罪《えんざい》が生み出されていくんだよ」

福重は高橋を睨《にら》みつけながら唸るように言った。

「埼玉県警に問い合わせてみたんですが、証拠がなかっただけであなたの身の潔白が証明されたわけではなかった」

「真犯人が捕まるまで私は未来永劫《えいごう》疑われるんだろう。無能な警察にとって逮捕さえできれば犯人なんて誰でもいいのさ。それがたとえ冤罪であってもね」

福重はやれやれと言わんばかりに小さくため息をついた。雲母の言ったとおり、福重の周囲では不自然な失踪事件が何件か起こっている。しかしそれらも証拠不十分で真相は闇の中だ。もしかしたら目の前の男性は犯罪史に残るシリアルキラーなのかもしれない。

「福重さんが真犯人かどうかは私にも分かりません。ただ気になったのは被害者女性の遺体の状況です。臀部《でんぶ》や太腿の一部が切り取られていたそうです」

「それは当時の新聞にも書かれていたな」

「著名な犯罪心理学者は犯人がその肉を食した可能性があると言っています」

「あくまでも可能性だろ」

「ええ、そうです。とはいえ、ここでもカニバリズムが出てきました」

そして高橋は次に湯川に向いた。

「あなたのことも調べさせてもらいました」

「な、なんなのよ……」

彼女は明らかにうろたえている。

「刑事さん、なんなんですか。このためにクーポンをエサにして我々をここにおびき寄せたんですか」

多々良が怒りと不信を露わにしている。

「すみませんね。たしかにあのクーポンは皆さんをここに集めるための方策です。実はこの店はクーポンなんて気の利いたサービスは行ってないんですよ。あの券はこちらの國吉がパソコンで作成したものです。もちろん、食事代は私たちが支払ってます。料理評論家絶賛の名店ですから、もう少しおつき合いください」

まどかは一同に頭を下げた。再び高橋が話を続ける。

「話を戻しますが湯川さん。あなたは二年前のアメリカ留学中にアルバート・ルーカスの自宅地下室に監禁されました」

「その話をするかな」

湯川は吐き捨てるように言った。

「かなりひどい目に遭わされたそうですね。当時のルポルタージュを読みました。あなた以外にも何人かの女性が監禁されていたようで、そのうちの一人が身の毛がよだつおぞましい証言をしています」

「ええ、知っているわ。ここでもカニバリズムね。監禁された女性が死ぬと、あの男は彼女の肉を他の監禁者たちに食べさせたという話ね」

その話をルポで読んだとき、まどかは思わず嘔吐しそうになってしまった。

「そんなことが本当にあったんですか」

「それについてはノーと答えておくわ。証言者の妄想よ。信じる信じないはあなた次第だけど」

湯川はそれだけ言うとプイと顔を背けた。

「最後にヘンリーさん」

まどかは高橋から質問のバトンを受け継いでヘンリーに向き合った。

「僕にもなにかあるというんデスカ」

彼は外国人特有の発音で言った。

「あなたはフランス外国人部隊の兵士として何度か戦場に赴いてますね」

「イエス。父親が軍人だったし、僕も平和のために戦いたいと思いマシタ」

「あなたの部隊での経歴も調べました。あなたの部隊は三年前に通称『ナポレオン作戦』に参加されてますよね」

「そこまで調べたんですか。驚いたナア」

ヘンリーは愉快そうに言った。ナポレオン作戦は陸路から侵入して敵の補給基地を破壊するというものだった。

「隊員のミスで作戦は失敗。あなたたち五人からなる部隊は命からがら密林に逃げ込みます。周囲を敵に取り囲まれ部隊は兵糧攻めにあったそうですね」

「ヒョーローゼメ？　ああ、食べさせないようにすることネ」

ヘンリーの顔から笑みがスッと消えた。

「その極限状態から生き残ったのはあなたを入れて二人。自軍の部隊に救出されるまで兵糧攻めは数ヶ月にわたっていたそうですね。残念ながら私たちの調査で分かったのはそこまでです。とにかくそんな状況でよく生き長らえることができましたね」

「そ、それはサバイバルだよ」

彼の顔が強ばり始めた。

「密林ならヘビとかカエルとかいるだろうし果実なんかも手に入るでしょう」

多々良が横から早口でつけ加えた。

「とはいえ食料がない状況で数ヶ月ですよ。さすがに限界があるでしょう」

「そこはど根性ってやつじゃないですか。ねえ、ヘンリー」

「ソウですよ、ヤマトダマシイですよ」

多々良に答えるとヘンリーは敵意のこもった目をまどかに向けた。

「他の三人の遺体は回収されなかったそうですね」

「それは僕たちが土に埋めマシタ。クヨウですよ！」

彼は興奮気味にテーブルを叩いた。その手を恋人の湯川がサッと押さえた。

「彼が死体を食べたと言いたいんですか」

彼女がまどかと高橋を睨みつけながら言った。

「レジデンス多々良に入居している皆さんには一つの共通点があります。『カニバリズムがあったかもしれない』ということです」

高橋は立ち上がると五人に向かって言い放った。

「だからこの肉を食わせた……」

「大山さん！」

多々良が大山の発言を慌てて止めた。彼は咄嗟《とっさ》に口を手で塞いだ。その様子をヘンリーも湯川も青ざめた顔で見ていた。

「大山さん。どうしてこの肉を食べさせたと思ったんですか」

高橋が問い質《ただ》すも大山は口を塞いだまま答えようとしない。多々良も黙っている。

高橋は静かに続けた。

「皆さんがこのハンバーグを食べたときの反応は他の客と少し違いました。彼らはこの食堂の料理を多幸感を滲ませながら取憑かれたように食べるのですが、皆さんの表情に感じたのは中毒のような欲求です」

住人たちはいずれも張り詰めた表情で高橋を見ている。

「このハンバーグはある特定の人たちには中毒性があるようです」

彼らから喉を鳴らす音が聞こえてくる。

「食べ終わったんなら皿を片づけてくれないか」

背中から声がした。振り返るといつの間にか古着屋の巨体が立っていた。

「皆さん、今日の料理はメニューには載っていない特注品でこちらの古着屋さんに特別に調理してもらいました」

まどかは一同に古着屋を紹介した。今日のメニューは事前の打ち合わせでまどかが古着屋にオファーしたのだ。

「そんなことはどうでもいいから皿を片づけてくれ。こっちも忙しいんだ」

彼は相変わらずの対応である。

「今日のハンバーグのレシピを教えていただけますか」

「ラム肉に仔牛肉、豚肉、鶏と鹿のレバーや骨髄、そして少量のツナをミックスした挽肉をレアで焼いたものだ。他にも隠し味となるいくつかの食材を独自の方法で調理している。安心しろ、『ホンモノ』じゃない」

古着屋は素っ気なく答えると厨房に戻っていった。

「ホンモノじゃないって……この味は紛れもなくホンモノだったぞ」

福重がつぶやくように言った。ヘンリーもうなずいている。

「つまり皆さんはこの味を知っているというわけですね」

高橋が言うと五人は顔を曇らせた。

「レジデンス多々良の入居条件は人肉嗜好であること。ですね？」

まどかが確認すると多々良が立ち上がった。

「他人と違う嗜好は本人の意図しないことで身についてしまうことがある。その嗜好が犯罪的だったり反社会的だったとしたら実に不幸なことです。考えてみてもください。酒やコーヒーを口にしたら犯罪者として裁かれるとしたら。その人にとってとても辛《つら》い人生になるはずです。我々も生まれ故郷の風習や事故やちょっとした出来心などで禁じられた嗜好に心を支配されてしまった。そしてその嗜好には中毒性があります。一度口にすればその味を忘れることができなくなり、必ず再び味わいたくなります。そのために犯罪行為に走ってしまう人間も出てくる。このような嗜好を持った人たちの間にもネットワークがあります。隠れキリシタンのように身を潜めているので表に出てくることはありません。覚醒剤のダルクのように公共の施設なんて存在しないし、その嗜好が公になればいくら克服したとしても一生バケモノ扱いという偏見を受ける人生を送らなければなりません。レジデンス多々良はその嗜好からの誘惑を克服するための施設で、私が立ち上げました。同じ嗜好を持った人間が寄り添い励まし合いながら中毒を断ち切るためのカウンセリングやセラピーを行っています。レジデンス多々良は彼らのような闇の存在に必要な施設なのです」

「そのメンバーである阿久津幹明が施設の『掟』を破ったんですね」

まどかが言うと多々良はゆっくりと首肯した。

「あの夜、レジ袋を持った彼がマンションに帰ってきました。声をかけたのに無視され、彼はその後数日部屋に引きこもってしまった」

阿久津が友人である加山雄二のアパートを訪問したとき、彼が突然心臓発作を起こして死んでしまった。死んだばかりのまだ新鮮な肉を目の前にした阿久津は内に秘めていた衝動に抗《あらが》えずに、死体の太腿の一部を切り取って逃げるように帰宅した。自室から出てこないので様子がおかしいと疑った多々良が声をかけた。屋上に呼んで厳しく詰問すると阿久津は事の顚末《てんまつ》を素直に白状したという。

「あなた方が彼を突き落としたんですか」

まどかが問い質すと多々良は息を吐いた。

「嗜好の衝動から抜け出せないと絶望したんでしょう。彼は袋を地面に置くとそのまま飛び降りました」

「袋と中身はどうしたんですか」

「わたしが処分しました。こんなものが出てくれれば我々住人の秘密が明るみに出てしまうかもしれない。オカルト雑誌の記者にもマークされているんです。彼らにとって格好のネタにされてしまう」

『アーバン・レジェンド』の雲母が追っていたのは摩利教だったが、まさか彼もレジデンス多々良の住人が全員カニバリズムの嗜好を持っているとは思ってなかっただろう。

「本当に処分したんですね」

「もちろんです」

多々良はきっぱりと答えた。他の住人もまるで祈るような眼差しでこちらを見つめている。

「本当は食べちゃったんじゃ……」

「もういい」

さらに追及しようとするまどかを高橋が止めた。

「でも……」

「この先のことは場所を移してじっくりと話を聞かせてもらう。皆さん、いいですね」

高橋が告げると住人たちは観念したようにうなずいた。

「刑事さん」

多々良がまどかに声をかけてきた。

「なにか?」

「あのコックと話をしたいんですが」

そう言って古着屋を指さす。

まどかが呼ぶと彼は不機嫌そうな顔をしながら突き出た腹を揺らして、のっそりと厨房から出てきた。

「こっちは忙しいんだ」

「こちらのお客さんが話をしたいと」

まどかが多々良を促すと、彼は古着屋に真っ直ぐに向き直った。

「あなたも……私たちと同じ世界の人間ですか」

「あんたがなにを言っているのかさっぱり分からない」

「そんなはずはないでしょう。あなたの作ったハンバーグの『味』は完璧だった。ホンモノの味を知らなければ再現できるはずがない」

「さあ……あんたの言うホンモノがなんなのか心当たりがないが」

古着屋は冷ややかに鼻で笑いながら肩をすくめた。

「とにかくあのハンバーグをこの店のメインメニューに加えてほしい」

他の住人もすがるような目を古着屋に向けている。

「あのハンバーグがそんなに美味いのか。世の中には変わった連中がいるもんだな」

彼は重そうにたるんだ瞼から冷え冷えとした鳶色《とびいろ》の瞳を覗かせた。

「どうかお願いシマス」

今度はヘンリーが頭を下げた。

「あれは材料に金がかかっているんだ。安くはできないぞ」

古着屋はそう言い残すと大きな体を揺すらせながら厨房に戻っていった。


三日後。

あれからレジデンス多々良の住人らは成増署にて事情聴取を受けている。刑事たちの話によると足跡の状況などから阿久津は彼らに突き落とされたのではなく自ら飛び降りたとみているそうだ。また住人たちの証言をそれぞれ突き合わせても整合性に問題はないという。阿久津の件は自殺で片がつくだろう。それにしてもレジデンス多々良の住人たちの秘密に成増署の刑事たちも驚いているに違いない。

室田署の管轄である加山雄二の死については検死の報告からも病死であることは明らかなため他殺は否定された。阿久津が訪問したタイミングで加山は心臓発作を起こして死亡。その後、阿久津が加山の腿の肉を切り取ったと思われる。

目的は自らの嗜好を満たすためだ。阿久津は衝動に抗うことができなかった。

そしてその肉を多々良は燃えるゴミに出したという。ゴミ袋を捨てる彼の姿が近所のコンビニの駐車場に設置された防犯カメラに映っていた。しかしそれから十五分後、エコバッグを肩に掛けた湯川増美の姿が現れた。彼女は周囲に誰もいないことを確認すると多々良の捨てたゴミ袋を漁りだした。そして中身の一部をバッグの中に放り込むと何ごともなかったようにマンションに戻っていった。しかし彼女の背中が邪魔をしてバッグに何を入れたのか見えなかった。さっそく彼女を呼び出して問い詰めたら、あっさりと阿久津の持ち帰った肉をバッグに入れたと認めた。しかし彼女はギリギリのところで理性を保ち、口にはしなかったという。それから彼女の部屋の冷蔵庫を調べてみたら肉がラップに包んである状態で収まっていた。まどかたちはすぐさま回収して鑑識に送った。すぐに加山雄二の肉の一部であることが確認されたというわけである。

これにて室田署の扱う事件は解決を迎えた。

「カニバリズムって常習性があるらしいな」

まどかと高橋はティファニーの前に立っていた。今日の昼は満席で店の前で五人ほど待っている。

「そうなんですか。そんなに美味しいんですかね」

「肉の味ばかりではないようだ。カニバリズムという行為は一部の人間の脳にドーパミンを大量に分泌させるものらしい」

「つまりその行為自体で快感を得るということですか」

「そう。その快感を再び味わうために行為をくり返して歯止めが利かなくなる。彼らにとっておそらくあのハンバーグが美味いのではなく、あの味が彼らの脳を刺激してドーパミンを大量分泌させたんだと思う」

「なるほど。それも一種の中毒ですよね」

「レジデンス多々良はそんな彼らが寄り添って立ち上がった更生施設だったというわけだ。それがなかったら彼らは恐ろしい存在になっていたかもしれん」

多々良の話によれば摩利教信者たちを更生させることが最初の目的だったという。しかし最近の摩利教は通夜の儀式を老人たちだけで行っているようで若者たちにはそのしきたりが伝わっていないらしい。近いうちに件《くだん》の風習も完全に途絶えるだろうと多々良が言っていた。それに若者たちが居着かないため今の老人たちが死に絶えれば村も消滅するだろうとも言っていた。

「摩利村は呪われた村です」

多々良の言葉だ。

しばらく待っているとまどかたちに席が回ってきた。二人は席を確保して券売機に向かう。

「新しいメニューが出てますね」

まどかは「特製ハンバーグステーキ」と表示されたボタンを指した。

「うわぁ、二千二百円かよ」

「君たち、それは止めておいた方がいいぞ」

声がしたので振り返ると笹塚が立っていた。

「さっそく食べたんですか」

「ああ、新メニューだというからな。評論家として食べないわけにはいかないだろう」

彼は親指を自分の胸に押し当てた。

うわぁ、食べちゃったんだ……。

「それで……どうでしたか」

まどかは作り笑いを浮かべて聞いてみた。

「はっきり言って失望にもほどがあるな。あれだけの料理をくり出してきたあのコックが作ったとは思えなかった。いろんな肉を混ぜ合わせているようだが、妙に塩辛いし変な苦味が肉の旨味を台無しにしている。その苦味もさまざまな調味料を組み合わせているようだがさっぱり理解できんよ。わざと不味く調理したとしか思えない一品だ。新メニューは本当にがっかりしたな。大減点だ」

その話を聞いてまどかは一気に食欲が失《う》せてしまった。高橋も苦笑している。

笹塚にはこの肉の味がなんであるのか分からないようだ。いや、むしろ分かっていたら怖いが。

「とにかく新メニューはオススメできないから止めた方がいい」

彼は恨めしそうに古着屋を一瞥《いちべつ》すると店を出て行った。

「レジデンス多々良の人たちしか注文しないでしょうね」

「さすがに世界中捜してもここでしか『あの味』は味わえないからな。それにしてもあの古着屋というコック」

高橋は厨房でフライパンを振っている古着屋を顎で指した。

「まさか本当に食ったことがあるんじゃないか」

四日前の午前中、まどかと高橋は古着屋に会いにここティファニーに赴いた。

「あんたたちはなにを言っているんだ？」

彼は呆れたように鼻を鳴らした。

まどかたちはレジデンス多々良の住人たちのことを調べ上げて、彼らに「カニバリズム」の可能性を見出《みいだ》した。だったらそれを味わわせてみればなんらかの反応が出るかもしれない。そう考えたまどかたちは事情を説明して古着屋に「味」の再現を依頼したのだ。

そのとき古着屋は腫れぼったく厚い瞼をわずかに見開いた。

「本物を作ってくれというわけではありません。以前出していただいた分子料理の卵のように『もどき』でいいんです」

「あんたたちは再現なんてことが本当にできると思っているのか」

彼の表情は大きく変わらなかったが、言っていることはもっともである。そもそもまどかもダメ元で来ているのだ。

「普通はできるとは思ってません。でもできるとしたら古着屋さんしかいないと思います」

「俺はそんなもん食ったことがない」

それはそうでしょうね……。

まどかは心の中でつぶやいた。

「今日の夕方、お仕事が終わってからお客さんたちに引き合わせます」

そして夕方になってまどかは古着屋を連れてレジデンス多々良に向かった。たまたま住人たちの何人かがエントランス前で立ち話をしていた。こちらには気づかないようだったのでまどかが近づいて声をかけようとしたら、古着屋に止められた。

「もういい。これで充分だ」

「本当にいいんですか」

彼はまどかに答えずそのまま駅方面に向かった。古着屋の背中を追いかけながらレジデンス多々良をあとにした。

そして次の日、彼は人肉の味を完璧に再現したハンバーグを住人たちに振る舞ったというわけである。

「私たちふつうの人間は物事を視覚や聴覚などで認知します」

たとえば目の前に置いてある果物を赤い球形、甘酸っぱい匂いといった情報からリンゴと認知する。しかし世の中にはまったく別の感覚で認知する人たちがいる。ある人はメロディが聞こえてくるという。そのメロディでリンゴと認識するわけである。

いわゆる共感覚である。

「あのコックはそれが味覚というわけか。多々良たちを見て普通と違う肉の味を感じたわけだな」

そして古着屋は絶対味覚の能力をフルに活かしてさまざまな肉や内臓、調味料を組み合わせたハンバーグで人肉の味を完全再現した。

もっとも完全にオカルトな解釈であるが……。

「ところでどうする？　今日のメニューは」

「ど、どうしよっかなー」

いつものことながら券売機の前に立つと迷ってしまう。

「よかったら……特製ハンバーグステーキ、奢《おご》ってやろうか」

「け、結構です！」

まどかは思わず背中をのけぞらせた。

Lunch at Tiffany's

*

第3章 絶品ドリアは殺意がレシピ

三月十八日　金曜日。

三月も下旬に近づくと春の気配を肌で感じられるようになる。三寒四温といわれるだけあって日によって寒暖の差が激しい。スマートフォンの天気アプリを確認すると昨日の最高気温が今日の最低気温に届かない。昨日は肌を撫《な》でる北風が痛いほどに冷たかった。それでも桜の蕾《つぼみ》も開き始めており一週間後には満開になっているだろう。室田署管内ではここ最近、世間を震撼《しんかん》させるような大きな事件は起こっていないが、相変わらず書類業務に追われている。

「ああ、なんかこうパアッと派手な殺しでも起きませんかね」

「シッ、声がでかい」

まどかに向かって高橋が唇をチャックするジェスチャーをした。まどかも思わず口を手で塞いだ。周囲の人間は訝《いぶか》しげにチラリとこちらを見たがすぐに視線を前に戻した。

「やっぱり私、現場の仕事が向いているんですよね。書類ってどうも苦手です」

「分かるよ、俺も同じだ。体を動かしている方が時間が経《た》つのが早く感じられていいよな」

高橋に至ってはまどか以上に苦手のようである。パソコンに向き合うときはいつも髪の毛をクシャクシャに搔《か》きむしっている。

「どうして公務員ってのはこうも書類が好きなんですかね。『事件は書類上で起こっているんじゃない！』って叫びたいですよ」

高橋が愉快そうに笑った。学生の頃のイメージと大きく違って刑事の仕事の大半は書類作成である。現場に赴いて犯人を追い回すのは実はそれほど多くない。そのくせどういうわけか書類だけは毎日のようについてくる。そもそもまどかは書類作成が苦手なのだ。デスクに腰掛けて向き合うと五分もしないうちに眠気が襲ってくる。それで課長に何度もどやされたことがある。

「連続殺人事件とか起こったら私が意外すぎる犯人をバシッと推理したいですよ」

「帳場（捜査本部）が立って帰れなくなるとブーブー言うのはお前じゃないか」

「だって本当に帰れなくなりますからね」

管轄内で殺人など大きな事件が起これば署に捜査本部が立ち上げられてまどかたちはがんじがらめにされてしまう。家に帰れるのも着替えを取りに行くときくらいで、本庁の捜査員たちは署の道場で寝泊まりするほどだ。状況が逼迫《ひっぱく》すればランチどころではない。飲まず食わずの覚悟が必要だ。そんなのとても受け入れられない。まどかにとってランチは生きるための活力そのものであり、希望なのだ。昼を抜くとは魂を抜くに等しい。もっともそんな主張をしようものならまたも課長にどやされるが。

まどかは腕時計を気にしながら前方を眺めた。

「ああ、まだですかね。お昼休みが終わっちゃう」

まどかの前にはまだ五人ほど並んでいる。十人以上いた行列の最後尾に並んでからかれこれ三十分は経つ。同じように前方を見ている高橋もため息をついている。

「さすが室田町ナンバーワンの人気店だ。なかなかありつけないよな」

「なに言ってるんですか。今日こそは意地でも入りますからね」

「昼休みはあと二十五分だぞ。間に合うかな」

「そこはもう融通利かせましょうよ」

「おいおい、バレたら課長から大目玉だぞ……ていうか一週間前に食らったばかりだろうが」

昼休みを二十分オーバーしただけなのに三十分も説教を食らった。どやされてばかりだ。

「ああ、ドリアが食べたい！　花町《はなまち》ドリアの『黄金比ドリア』が食べたい！」

「落ち着け、國吉！」

「食べたい！　食べたい！　食べたい！」

「子供かっ！」

「食べたいっ！」

そんなまどかの一念が通じたのか食べ終わった客たちが一斉に店から出てきた。それから数分後にまどかたちはテーブルに通された。

「この店も二ヶ月ぶりだな」

高橋が運ばれてきたお冷やに口をつけた。

「何度もトライしましたよね。ああ、この日をどんなに待ったことか」

ここ花町ドリアは室田町界隈《かいわい》のランチでは一番人気である。店の貼り紙によるとオープンして八年とある。近隣住民の話によればオープン当初から流行《はや》っていたという。それからはやいうちにクチコミで広まって今では遠方からわざわざ訪れてくる客も少なくないらしい。それだけに昼時ともなると店の前には行列ができている。まどかたちも何度も訪れているが行列を待っていると昼休みが終わってしまうのは間違いないのでいつも諦めていた。それでもありつけることはあったが稀《まれ》である。十回トライして一回くらいの割合だろうか。

「ご注文はどうされますか」

カフェのように洒脱《しゃだつ》なエプロン姿の女性店員がまどかに声をかけてきた。大学生だろうか、可愛《かわい》らしい女性だ。ネームプレートには「保坂《ほさか》」とある。艶やかな髪を後ろにまとめている。

「もちろん黄金比ドリア！」

「じゃあ、俺もそれを」

店員は和やかに微笑《ほほえ》むと注文を厨房《ちゅうぼう》に伝えに戻っていった。厨房の入口からわずかに店長の顔が覗《のぞ》けた。三十代後半もしくは四十といったところか。短髪で筋肉質で精悍《せいかん》な顔立ちをしている。タウン情報誌の紹介記事にも顔写真が出ていたのを見たことがある。

「ところで黄金比ドリアの黄金比ってなんだ？」

高橋はメニュー表の「黄金比」を指さした。まどかはゴホンと咳払《せきばら》いをする。

「よくぞ聞いて下さいました。黄金比とはチーズの配分のことです」

「どういうことだ」

「ここのドリアはなんと五種類ものナチュラルチーズを混ぜ合わせて使っているんですよ。その配分の比率が黄金比です。これが少しでも狂うと美味《おい》しくなくなっちゃうんですね」

「その比率ってのは？」

「そんなの企業秘密に決まっているじゃないですか。本当に美味しいメニューを生み出す料理人にとってレシピは命より大切なものですよ。この店にとってそれが黄金比なんです」

「なるほど。たしかにここのドリアは絶品だったもんな」

「その黄金比を見出《みいだ》すのに相当の年月と情熱がつぎ込まれていると思いますよ。そうじゃなければあの味は出せないですもん」

「だよなあ。比率なんて部外者からすれば単なる数字でしかないけど、料理人にとっては血と汗と涙の結晶なんだよな」

高橋が感心しているうちに料理が運ばれてきた。

「熱々のうちにお召し上がり下さいね」

先ほどの女性店員が底の浅い鉄皿に盛られたドリアをテーブルの上に置いた。チーズの表面があぶくが立つようにホコホコと踊っていて、その熱気が頬に伝わってくる。湯気を吸い込むとチーズの匂いがした。

「こんな熱くて重いのを運ぶのって大変でしょう」

まどかが言うと保坂は白い歯を見せて朗らかに笑った。

「最初は無理とか思っていたんですけどやっぱり訓練ですね。いつの間にかできるようになるものですよ」

「そんな細い腕ですごいなあ」

高橋が彼女の白い腕を見つめながら感心したように口をすぼめた。

「そうでもないですよ。鉄なのでお皿が重いだけなんです。それに持ち方にもコツがあるんですよ。それをマスターすれば女の子でも二つくらい軽々と運ぶことができます。私は二つが限界なんですけど、あちらの先輩は一度に四つ運びますからね」

彼女は他の客の注文を取っている女性を示した。その女性は彼女よりも体格がよい。柔道でもやっていたようながっちりとした体型で腕力もありそうだ。

「君はバイト？」

「はい。今ちょうど大学が春休みなんで」

「近く？」

「室田大学ですからめっちゃ近いですよ」

保坂は無邪気な笑みを向けた。人を和ませる笑顔は接客に向いていると思った。

「それではごゆっくり」

彼女は頭を下げると席から離れて行った。

「それでは……」

「いただきます」

二人は手を合わせるとスプーンを取り出した。トマトソースでほのかに朱色に染まり、ほどよく焦げ上がったチーズの表面にスプーンを差し込んですくってみる。裂け目からさらに濃い湯気がフワリと噴き出てきた。ライスを包み込んだチーズが糸を引きながら口の中に運ばれる。

「熱っ、熱っ」

味より先に熱が口の中に広がる。口をハフハフさせながら熱を外に逃がすと蒸気機関車のように白い煙が上がった。それから間もなくしてチーズとソースとライスの風味が時間差で味蕾《みらい》を刺激する。

「うまっ！」

「美味《うま》い！」

二人の声が重なった。口から吹き出す湯気も交わった。

そこからスプーンが止まらない。熱いチーズに息を吹きかけて冷ましながら口の中に運んでいく。

チーズってこんなに美味しいんだ。もともと大好きだったけどここのドリアを食べているとさらに好きになる。

気がつけば皿の中はきれいになっていた。ティファニーのように舐《な》め回したいところだが、それをするとさすがに舌を火傷《やけど》してしまう。

「あの古着屋さんでもさすがにここまでの味は出せないだろうな」

高橋が口の中を舐め回して頬を凹凸させながら言った。

「どうですかねぇ。でもたしかにこの黄金比は絶妙です。ギリギリのところでせめぎ合っているような苦味と甘味のバランスがもはや芸術ですよね」

「ギリギリな。味もそうだけど冷めそうで冷めないこの熱も絶妙だよな。おそらくオーブンの温度にも相当にこだわっているんだと思う」

「おっ、高橋さん。だんだんグルメ評論家みたいな視点になってきましたね」

「警視庁随一のランチ刑事殿のおかげだよ」

二人の笑い声が店内に流れた。先ほどの女性店員がこちらを眺めながら微笑んでいた。

衝撃は三日後にやってきた。

室田署管内で殺人事件が発生。死体が発見された翌日には捜査本部が立てられた。ミステリ小説や映画では頻繁に殺人事件が起こっているように思えるが、室田署管内に限っていえばそれほど多いわけではない。暴行や傷害レベルの事件は頻発傾向にあるが殺人に至るケースは稀である。なので捜査本部が立てられるとなると署内はちょっとした騒動になる。なんといっても本庁、つまり警視庁捜査一課の刑事たちがやってくるのだ。捜査一課といえば殺人や強盗、誘拐などの凶悪犯罪を扱うエキスパートである。室田署にしてみれば国賓の集団が訪れてくるようなものである。そんな彼らに粗相は許されないと毛利基次郎署長がロマンスグレーの髪を振り乱しながらピリピリしていた。他の幹部連中たちも同様である。

「ああ、これで家に帰れなくなっちゃうなあ」

「やっぱりブーブー言っててんじゃないか」

高橋がまどかの腕を肘でつついてきた。

そして捜査会議が開かれた。

場所は室田署三階にある大会議室。入口には「室田町洋食屋店主殺人事件」と達筆な毛筆でしたためられた、いわゆる「戒名」が掲げられていた。マスコミの連中も戒名にカメラを向けていた。

雛壇《ひなだん》には一課長や理事官、管理官といった捜査一課を指揮する幹部たちが並ぶ。毛利署長は一番隅の席で珍しく緊張気味に表情を強《こわ》ばらせていた。井ノ瀬《いのせ》和宏《かずひろ》一課長をはじめとする幹部たちの訓示が終わって、捜査一課八係を束ねる篠田《しのだ》智康《ともやす》係長が前に出た。目つきが鋭く威圧的で、見るからに頭が切れそうな脂の乗りきった四十代といった印象だ。髪もワックスでかっちりと固めていて強風が吹いてもみじんもそよぎそうもない。

「被害者は花町泰男《やすお》、四十歳。室田町四丁目三の十八にある『花町ドリア』の店主。店舗兼自宅なので現住所は同じ。それでは現場の状況を説明する」

それから篠田は状況の詳細を説明し始めた。すべてを頭の中に叩《たた》き込んでいるようでメモも見ず、そのスピーチは滑らかで実に流暢《りゅうちょう》だ。そして要点が効率よくまとめられており、現場に赴いてない者でも容易に状況をイメージできるだろう。さすがは精鋭たちを束ねているだけあって優秀である。もっともそんな彼でも捜査一課の中では単なる歯車の一つでしかない。捜査の主導権はさらにその上に君臨する鳩山《はとやま》管理官らにある。こちらも篠田係長に負けず劣らず野心をむき出しにしたような鋭い目を向けている。正直、この二人はまどかにとって苦手なタイプだ。近くにいるだけで緊張してしまう。

「週末に行ったばかりじゃないですか」

まどかは声を潜めた。

「まさかあそこの店主が殺されるとはな……」

高橋も小声で返す。厨房に見えた店長の顔を思い出す。短髪で精悍な、整った顔立ちの男性だった。

「もうあそこのドリアが食べられなくなっちゃうんですね」

「それは切ないな。次はシーフードドリアに挑戦してみようと思っていたのに」

「私は『たっぷりベジタブルドリア』ですよ。そのあとは『極太ソーセージドリア』をいこうと思っていたんですよ！」

まどかは力を失っておでこをテーブルの上に落とした。

「そこっ、うるさいぞ！」

突然、篠田に怒鳴られた。慌ててまどかと高橋は「すみません」と頭を下げた。篠田は咳払いをすると状況の説明を続けた。

現場にはまどかたちも足を踏み入れているのでおおまかには把握できている。昨日の三月二十一日月曜日、午後四時半ごろ、店の厨房に食材を届けに訪れた沢村《さわむら》という業者の男性が床に倒れている花町泰男を発見した。彼はうつぶせの状態で倒れており、背中には刃物が突き立っていた。驚いた沢村はすぐに警察に通報したというわけである。

「凶器はゲッベルス社のステンレス包丁で柄の部分もステンレスだ。その柄のわずか一部が不自然に削りとられていたが、ここにはシリアルナンバーが刻まれていたからだろう。凶器からは指紋が検出されていない」

シリアルナンバーから足が着いてしまう可能性を嫌った犯人が削り取ったのだろう。

篠田は続ける。

「監察医の見解では死亡推定日時は三月二十一日の午後二時から四時の間。店はランチタイムが二時半までで、三時には一度閉店してディナーの仕込みに入る。三時半までは従業員が勤務していて彼らは仕込み作業中の花町の姿を目撃している。それらを勘案すると殺害されたのは午後三時半から四時と思われる。売り上げはレジの中に入っていて鍵は店主である花町本人が管理していたが、レジの中には現金が見当たらなかった。またレジの鍵はすぐ近くの床に落ちていた。犯人は背後から花町を襲ってポケットに入っていた鍵を取り出して現金を奪ったと考えられる。しかし物盗《ものと》りと見せかけた可能性だってある。各自、先入観を捨てて捜査に当たってもらいたい」

鑑識が店舗に残された指紋や足痕をすべて採取しているという。これからそれらをすべて照合するわけだが実に気の遠くなるような作業だ。

「あの店は流行っていたからレジに多額の売り上げが入っているのは、店を知っていれば誰でも想像ができる。やっぱり金かな」

会議が一通り終わると高橋が顎をさすりながら言った。

「なんだかんだ言ってランチの地域一番店ですからね。花町さんに消えてほしいと思っている店の経営者は多かったんじゃないですか。彼に消えてもらえば自分が一番になれるとか、客を奪うことができるとか」

この場合、現金を持ち去ったのはもちろんカムフラージュだ。

「そんなこと言ったらティファニーが怪しいな」

「古着屋さんですかぁ。まあ、あの人経営者じゃないし」

「あの巨体で店の周囲をうろついたら目立つどころの話じゃないだろうな」

「さすがに背後に回られても気づくと思いますよ。あの存在感はハンパないですからね」

「たしかに。部屋に一緒にいるだけで圧迫されるよな。気配で分かりそうだ」

さすがに古着屋が真犯人とは思ってないが、この時点で可能性は否定できない。可能性が否定できない限り、彼も現時点での容疑者の一人だ。ちなみにまどかと高橋は容疑者から外される。なぜならその時間は互いに休憩室で雑談していたからだ。言い換えればサボっていたわけであるが、万が一疑われたときは互いにアリバイを立証できる。

「ところでどうして私が高橋さんとコンビなんですか」

本来、捜査本部が立てられると本庁の刑事と所轄の刑事がコンビを組まされる。主導権を握る本庁刑事と現場の地理に詳しい所轄刑事という組み合わせが効率的だからである。

「それは俺の台詞《せりふ》だ。誰かさんがあまりに頼りないからだろ。未熟な誰かさんに本庁さんの足を引っぱられては困るという署長判断だ」

「ええ？　そんな理由ですかぁ」

これにはまどかもショックを隠せない。たしかにいろいろとミスが多いのは認めるが。

「とにかく上の判断だからしょうがないだろ。そんなことより俺たちにとっては弔い合戦だ。犯人のせいで黄金比ドリアはもう食べられない。あのレシピは店主にしか再現できないはずだ」

「私も許せないですよ。貴重な貴重な貴重なランチ職人だもの。室田町の貴重な財産ですよ。犯人は私たちの夢と希望を台無しにしたんだわ」

言っているうちに本当に怒りがこみ上げてきた。まどかは拳を振りながら怒りを吐き出した。

冷静になると自分が半人前扱いされていることに再び怒りがこみ上げてきたが、自分の実績を振り返ると強く出られないのが歯がゆい。

とにかくこの事件で結果を出して自分の能力をアピールしていくしかない！

まどかは気を引き締めた。


一時間後。

「ごめんください」

まどかたちは室田町三丁目にある古橋《ふるはし》金物店に訪れていた。奥の部屋から年配の店主がゆったりとした動きで出てきた。店内に客は誰もいない。ここはフライパンや鍋や鉄釜といった調理器具を専門に扱っているようだが、所狭しと無造作に並べられた商品は埃《ほこり》をかぶっている。自宅兼店舗の木造の建物も年季が入っているようで古民家といった趣がある。内装をリフォームしてカフェにすればお洒落《しゃれ》な店になりそうだ。

「室田署の者です」

高橋と一緒にまどかは警察手帳を掲げた。

「なんだ、久しぶりのお客じゃないのか」

「すみませんね。店主さんですよね」

年配の男性は店主の古橋と名乗った。

「ここでもう五十年以上やってる」

「半世紀じゃないですか。すごいですね」

「最近は郊外の大型店にすっかり客を取られてな。ご覧の通り、閑古鳥だよ。昔は賑《にぎ》わったもんだが」

古橋は薄くなっている頭を撫《な》でながら隅に置いてある丸いすに腰掛けた。年齢は七十を超えているだろう。

「それで今日はなんの用かね」

「実はこれを見ていただきたいんですが」

高橋はA4判の大きさでカラーコピーした写真を差し出した。

「ナイフか……。分かった、四丁目の事件で使われた凶器だろう」

「いえいえ、捜査上のことなので詳しくは……」

見事に図星だ。花町の背中にはこのナイフが突き刺さっていた。刃部も柄もステンレス製のフルメタルである。

「ほぉ……これはゲッベルス社の『タンホイザー』だな。ドイツ製でプロの料理人が使うナイフだよ」

「ひと目見て分かるなんてさすがですね」

「バカにするでない。五十年以上、この仕事をしているんだぞ。そのくらい分かるわ」

警察の方でもこの刃物がゲッベルス社の製品であることはすでに把握している。凶器から指紋は検出されなかった。犯人は手袋をするなり柄の部分を布で巻くなりして犯行に及んだのだろう。仮に指紋が残っていたとしても犯人に前科がなければ指紋登録されていないので直ちに特定することは不可能だ。また柄の部分のシリアルナンバーがわざわざ削り取られていて、それが犯人の手によるものならば被害者の所有物でない可能性がある。

今回、まどかと高橋のコンビは凶器の入手ルートを突き止めるよう上から命じられた。

「このタンホイザーはどんな人が買っていきますか」

まどかが質問すると古橋の表情が幾分柔らかくなった。

「ゲッベルス社を選ぶ人は道具にこだわるタイプだな。特にゲッベルス社の製品の中でもタンホイザーはクセが強い。柄の部分がすこし変わっているだろう」

「たしかに変わったデザインですね」

ステンレスの柄が波打ちながら微妙なカーブを描いている。現場に赴いたとき一番はじめに目についたのが背中に刺さっていたナイフのデザインだ。他の刑事も鑑識の人たちも不思議そうに眺めていた。

「エルゴノミクス、いわゆる人間工学に基づいたデザインだ。ゲッベルス社は二代目が社長に就任した一九五〇年代からエルゴノミクスデザインに力を入れている」

やはり餅は餅屋だ。凶器が刃物なら金物屋に聞くのが手っ取り早いかもしれない。

「こちらでも取り扱っているんでしょうか」

「タンホイザーは十年以上前に製造が中止されている。形状があまりにも特殊すぎて一部の人間にしか受け入れられなかったそうだ」

「不評だったということですか」

「握る角度や方向がちょっと独特になってしまうからな。それでも愛用している人もいたよ。ほら、よくテレビに出てくる黒金《くろがね》というシェフがいるだろう。彼とは幼なじみなんだが今でもこのナイフを愛用しているそうだ。このデザインが一番手になじむらしい。力を入れなくてもよく切れると言っておった」

多くの料理人にとって扱いが難しいが、一部の者の手にはフィットするらしい。古橋は愛用者として他にも何人かの有名シェフの名前を挙げた。

「現在は販売されてないんですよね」

「こういうことも想定して何本か買い置きしてあるのさ。今でも丁寧に研磨しては大事に使っているらしい」

「ということは使用者は限られるというわけですね」

「タンホイザーは明らかに人を選ぶナイフだからね。愛用者はそれほど多くないはずだ」

「販売されていた時期はこちらでも扱っていたんですよね」

「ああ、もちろんそうだ。十年以上前の話だけどね。もっともさほど売れず不人気商品だったな。だからすぐに次の型に置き換わったんだろう。それは万人向けの凡庸なデザインだった。たしかにそちらの方が売れたけど、ゲッベルス社らしくなくて私は好かん。あそこは採算よりもこだわりの逸品を開発することに情熱を向けていた会社だ。それだけ当時の業績が芳しくなかったのだろう」

「ついでにこちらでこのナイフを買い求めた客を覚えていませんかね」

「二、三人ほどいたと思うがなにせ十年以上前のことだ。さすがに覚えていないね。その中に犯人がいるのかね」

古橋の瞳に好奇の色が浮かんだ。

「いえ、まだなんとも……。もしなにか思い出すことがありましたらこちらに連絡下さい」

まどかは彼に名刺を渡すと店を辞去して駅に向かった。

「タンホイザーか……」

電車の中で高橋がひとりごちた。

「私、オペラとか結構好きなんですよ。ベートーヴェンですよね」

「ワーグナーだろ」

そうだったっけ⁉

見栄を張っての知ったかぶりは止《や》めよう。

「と、とりあえず購入者はそれほど多くなさそうですね」

「そうだといいが。もしそうなら多少なりとも犯人を絞ることはできそうだ」

全国の量販店で大量に扱われるタイプの商品だと入手ルートを特定するのはまず不可能だ。

だが、このようなマニアックな製品だと突き止めることができる可能性が高い。

そして二人は台東区にある合羽橋《かっぱばし》商店街に向かった。ここは食器具や調理器具、食品サンプル、包材などを一括に扱う日本一の道具専門の商店街として有名である。浅草通りに面する合羽橋の入り口にあるニイミ洋食器店ビルの屋上に設置された巨大なコック像「ジャンボコック」が目印となっている。

「うわぁ、美味しそう！」

まどかは陳列された商品に目を輝かせた。

「バカ、作り物だ」

「そんなの分かってますよ」

陳列されている商品はいずれもレストランなどでメニューとして使われる商品サンプルだ。それがまた実に精巧に作られていて食欲を刺激されてしまう。そっと触れてみるとただのプラスティックだったりするのだが、とにかく美味しそうである。

二人は商店街を右折すると路地に入った。そこから数分ほど歩くと「ゲッベルス」とロゴの入った看板が目に入る。瀟洒《しょうしゃ》な煉瓦《れんが》造りの三階建てのビルがゲッベルス社東京営業所である。事前に電話連絡しておいたので受付に伝えるとすぐに担当者がやって来て二階の応接室に案内してくれた。担当者は小太りの中年の男性で辛島《からしま》と書かれた名刺を差し出した。肩書きは広報部長とある。

「さっそくですが、御社の商品でタンホイザーについて伺いたいのですが」

「事件ですか」

辛島は興味深そうに言った。

「はい。捜査上のことなので詳しくは話せませんが」

高橋は古橋にも見せた写真のカラーコピーを差し出した。

「タンホイザーか。懐かしいですね。こちらが当時のパンフレットですよ」

辛島はテーブルの上に置いてある少し色褪《いろあ》せたパンフレットを開いた。さまざまなレストランのシェフやコックが顔写真付きでその切れ味を絶賛している。

「あれ？　どうしてこの男性の写真にはバッテンが打ってあるんですか」

高橋が写真の一つを指さした。写真には赤い油性ペンでバツ印が書き込まれていた。

「ああ、これですか。差し替えの指示ですね。次回分のパンフレットを作成するときはこの男性を変えるよう担当者が書き込んだんでしょう」

「どうして差し替えなんですか」

「さあ……僕はこのパンフレットの作成に関わっていないのでよく知りません。この写真の男性本人からの願い出だったかもしれないですね。いろんな事情で顔写真を載せるのは好ましくないということも出てくるでしょうから」

辛島は男の顔写真を見つめながら言った。

「そうなんですか……ところでタンホイザーは十年以上も前に販売が終わったそうですね」

「正確には十二年前の一月です。デザインにクセが強すぎてあまり売れなかったんですね」

「販売はどのようになっていましたか」

「ちょっと待って下さいね」

辛島は一度応接室を出たが五分もしないうちにファイルを抱えて戻ってきた。

「これが取扱店リストです。全国の百貨店、調理器具の専門店に卸してます。弊社の製品はいわゆる玄人向けのプロフェッショナル仕様なのでショッピングセンターのような量販店では扱われておりません。その中でもこのタンホイザーはゲッベルス社製品の愛好者からすればマニアックな逸品でしたね」

「出荷数はどのくらいですか」

辛島はファイルをめくって一覧表を指でたどった。

「三千本です。ナイフとしては高価ですし一般人に売れるタイプの商品ではありませんから。実売は半分といったところですかね。それでも熱狂的な愛好者が少なくなかったですよ」

ということは千五百人程度、一人で複数購入する客がいることを勘案すればそれ以下に絞られる。

「店が分かっても誰の手に渡ったかまでは把握してないですよね」

「すべては網羅してないですけど一部なら分かりますよ」

「分かるんですか！」

高橋とまどかは身を乗り出した。

「弊社はメンバーズクラブを運営しております。顧客の皆様に登録していただいてサービス向上のために役立てております」

ゲッベルス社の商品には会員登録の書類が同封されている。登録は郵送でもインターネットでもできるようになっており、顧客の個人情報はデータベース化されているという。それを閲覧すればいつどこでどの商品を購入したのか一目瞭然というわけだ。顧客には新製品情報がメールで送られて、商品を購入するたびに価格に応じたポイントが付与される。そのポイントが一定数貯まれば、次回の買い物でポイント分だけ割引されるというシステムだ。

「タンホイザーを購入した客のリストを見せていただくわけにはいきませんか。もちろん御社にはご迷惑にならないよう細心の注意を払います」

「いやぁ、それは……」

辛島が渋ったので高橋は根気よく説得してなんとか許可を取りつけることができた。

「ついでにそのパンフレットもお借りしていいですか」

まどかが言うとそれについては快諾された。

署に戻ると二人はさっそく借りてきたファイルに綴《と》じられている会員リストのチェックを始めた。リストには数千人の名前が印字されておりその中でもタンホイザーの購入者となると二百人ほどに絞られる。もっとも犯人が会員登録していなければこの作業も骨折り損にしかならないが、刑事はそれを怖《おそ》れてはならない。あまたの骨折り損の積み重ねの中に真実が隠されているのだ……最近観《み》た刑事ドラマの主人公の台詞だ。

しかし氏名や年齢、住所など個人情報だけを見ても相手がどんな人物なのか想像もつかない。それでも一つ一つのリストを丹念にチェックした。

そのうち夜の捜査会議が始まった。捜査員たちはその日の成果を詳細に報告していく。

「被害者の花町泰男さんは八年ほど前に岡田《おかだ》町から現住所に移ってきました。岡田町では『夏木《なつき》グリル』という洋食レストランにコックとして勤務してました」

若手の捜査員の一人がメモ帳に記されている花町の経歴を読み上げている。

「岡田町？」

「どうした」

高橋がまどかの顔を覗き込みながら言った。

「あのリストの中に岡田町の人がいたんですよね」

「ふうん。なにかつながりがあるのかな」

捜査員はさらに報告を続けている。

「……あと、これは事件とは直接関係ないと思いますが『夏木グリル』の店主にも話を聞いてきました」

「話せ」

篠田係長が促すと若手捜査員はメモに視線を向けた。

「店主の夏木さんによれば花町さんはお世辞にも優秀なコックとは言えなかったそうです。

夏木さんは彼に何度かオリジナルメニューを考案させたそうですが、センスがなさ過ぎてすべて却下したと言ってました。そんな花町さんの店が繁盛していることに驚いている様子でした」

「まあ、それから花町さんは研究と研鑽《けんさん》を重ねて、繁盛店になるレシピを開発したのだろう。そんな努力人の命を奪った犯人を我々は決して許すわけにはいかない。ところで彼は夏木グリルをいつ退職したんだ」

篠田が問うた。

「十年ほど前だそうです。当時、近所で『カシマ亭《てい》』というレストランの店主が殺される事件があり、地域一番店だったそこがなくなることで夏木グリルも客が増えて忙しくなった。そんな状況でいきなり辞められたので当時は困ったと言っています」

「ああ、カシマ亭か。懐かしいな」

突然、井ノ瀬一課長が白髪の交じった頭を掻きながら言った。

「あれは十年前でしたね。私も当時は一課のいち捜査員でした」

鳩山管理官が井ノ瀬に向き直った。

「あれもナイフでひと刺しだった。なんにしても後味の悪いヤマだったなあ」

「ええ。犯人の頼長比斗志《よりながひとし》の自殺という幕引きでしたからね」

井ノ瀬も鳩山もマイクに向かって息を吐いた。

カシマ亭……どこかでその名前を見たなあ。しかし思い出せない。

「頼長は裁判中に拘置所で支給されたタオルで首を吊《つ》って死んだんだよ」

高橋はその事件のことを知っていたようだ。

「そうだったんですか」

「当時は事件そのものよりも拘置所の監視態勢のあり方がやり玉にあげられていた。容疑者に死なれては事件の全容の解明なんて夢物語になってしまうからな」

「たしかにそうですよね」

そんな死に方をされたら遺族もたまらないだろう。

それから高橋とまどかコンビの順番が回ってくると高橋が代表して今日の捜査内容の報告をした。それで会議は散会した。

長い一日が終わったがこれまでのところ容疑者特定に結びつくような大きな進展はなかったようである。

「國吉、岡田町の顧客って誰だったっけ？」

帰宅しようとするまどかに高橋が声をかけてきた。

「ああ、そうでしたね」

まどかはデスクに戻ると大急ぎでリストをチェックした。その中の「鹿島田《かしまだ》勝時《かつとき》」という顧客の住所が岡田町だった。

「この人……」

その名前にピンとくるものがあった。まどかは急いでパンフレットを開いた。バッテンの印がつけられた写真の男性の名前も鹿島田勝時だった。その下には商品を絶賛する彼のコメントが掲載されている。彼も熱狂的な愛用者らしく予備のために何本か購入したと書いてある。

「高橋さん、見てください！」

まどかは高橋にパンフレットの写真を見せた。

「ほら、ここ！」

まどかの指先には「カシマ亭店主・鹿島田勝時」と記されていた。

「写真とコメントが差し替えられたのは勝時が殺されたからだったのか」

高橋が指を鳴らした。

パンフレット作成の担当者が勝時が事件の被害者であることを知って急遽《きゅうきょ》次回分の記事を差し替えるよう指示したのだろう。

「花町が昔住んでいた岡田町、そして同じ町に住んでいた鹿島田勝時。二人は同じ洋食の料理人。勝時は後に花町の命を奪う凶器となるタンホイザーを愛用していた。そして勝時自身も花町と同じように殺害されていた……」

まどかはパンフレットに写った鹿島田勝時の笑顔を見つめながらつぶやいた。

花町ドリアとカシマ亭で起きた二つの殺人事件。

この二つの出来事はつながっているのだろうか。

三月二十三日午後。

まどかと高橋は室田町図書館に立ち寄った。

午前中は顧客リストの会員に電話をしてタンホイザーの扱いを尋ねた。発売が終わってから十二年も経過していることもあって多くは処分したと答えたが、中には今でも現役で使用している者もいた。この会員リストの中に花町を殺害した犯人はいるのだろうか。今のところこれといった不審人物に当たりはない。

「あったぞ。これだ」

高橋が新聞縮刷版をデスクの上に置いた。表紙には東都新聞の名前と十年前の西暦と月が記されていた。この分厚いファイルに一ヶ月分が綴じられている。高橋は一年分、計十二冊を運んできた。

周囲を見渡すと調べ物をしているサラリーマンや勉強をしている学生たちで席が埋められている。そのわりに館内は静謐《せいひつ》が広がっていた。まどかも話すときは無意識のうちに声を潜めてしまう。

「最初の記事は十年前の三月二十二日ですね」

そこには『大人気洋食レストランの店主殺害』と見出しが打たれている。まどかは事件に関する記事を時系列順に読んでみた。

岡田町二丁目の洋食屋「カシマ亭」が現場である。バイト店員の前園《まえぞの》あきら（当時二十三歳）は開店時間になっても店主である鹿島田勝時（当時四十歳）が店に出てこないことを不審に思い、同じ建物内にある彼の自宅に立ち寄った。声をかけても返事がない。また勝時の娘（当時九歳）が親戚の家に泊りに行っていることは事前に勝時自身から聞かされていた。勝時は妻を三年前に病気で亡くして娘と二人暮らしだった。

前園は家に上がってリビングを見て驚いた。部屋の中が荒らされている。明らかに物色されたあとだ。胸騒ぎを覚えた前園は店主の名前を呼びながら家の中を捜した。そして彼はトイレで横たわる勝時を発見する。床は血でどす黒く染まっており、勝時の胸にはナイフが深々と刺さっていた。前園は動転しながらもすぐに警察に通報する。

検死の結果、死亡推定日時は発見された前日である三月二十一日の午後八時から十時の間。死因は失血性ショック。

「三月二十一日って花町と同じじゃないですか」

「本当だな。花町事件はカシマ亭事件からきっちり十年後か」

二人はさらに新聞記事を読み進めた。

目撃証言などから容疑者は早い段階で浮上してきた。犯人は犯行後、家の外に出る際に通行人とぶつかっている。男は動揺した様子でその場を立ち去ったとある。その様子を近所の住民たちが目撃していた。通行人と住民たちの証言からカシマ亭従業員の頼長比斗志（当時三十歳）が逮捕された。容疑者の自宅を捜索したところ被害者の所持品である高級腕時計やカメラなど数点が見つかった。当初は犯行を激しく否認していた容疑者だったが、二週間後になって犯行を認めるような供述を始めた。それによると勝時が外出したところを見計らって自宅に侵入。自宅を物色中に思った以上に早く勝時が帰ってきてしまい、揉《も》み合いになって思わずテーブルに置いてあったナイフで刺してしまった。犯行の発覚を遅らせるために死体をトイレに隠したと証言している。しかし裁判になると被告は窃盗は認めるも殺人容疑は否認。自白は警察に強要され誘導されたものだと主張する。

「この状況で窃盗はしたけど、殺しはしてませんなんて主張は無理がありすぎですよね」

まどかは鼻で笑った。高橋も同感だとうなずいている。

頼長は鹿島田邸に侵入したときにはすでに勝時は殺されていた、死体がトイレに隠されていたので自分は気づかなかったのだとも主張している。しかし死亡推定時刻は彼が侵入した時刻とほぼ一致するのだ。真犯人がいたとするなら頼長はニアミスをしたことになる。そもそもそれでは勝時が外出したことを見計らって侵入したという頼長の証言とも矛盾する。殺された勝時が外出できるはずがないのだ。

また娘によると新メニューのレシピノートが見つからないという。店主の死体の第一発見者である前園によると頼長はしきりに「早く独立して自分の店を持ちたい」というようなことを言っていたという。レシピは料理人にとって命の次に大切なものである。行列ができる大人気店カシマ亭の秘伝レシピは独立を目指す料理人にとって喉から手が出るほどほしいものに違いない。しかし頼長はレシピノートの窃盗についても否認した。また彼の部屋からノートが見つかっていない。彼がどこかに処分したか、勝時が娘も知らない場所に移して保管していたかのどちらかだろうと推測できる。状況証拠は充分だったので捜査員たちはレシピノートのことをさほど重要視しなかったようである。

「まあ、腕時計やらカメラが出てきているんだから言い逃れはできないですよね」

「しかし頼長は殺人罪については無実を訴えたまま八ヶ月後に自殺をしている」

高橋がその記事を引っ張りだした。そこには『カシマ亭事件の被告、首吊り自殺』の見出しが躍っている。頼長は拘置所で支給されたタオルを使って自ら縊死《いし》したとある。部屋からは遺書が見つかり、その中で相変わらず殺人事件における無実を訴えていた。そして被告が死んだことで刑事訴訟法第三三九条『公訴棄却』の規定に基づいて裁判は終了した。

「死ぬなんて本当に卑怯《ひきょう》だよな。残された娘さんとかどんな気持ちでいるんだろう」

高橋が心底哀《かな》しげに言った。

小さかった彼女の気持ちを思うと胸がチクリと痛む。当時九歳なら今は十九歳だ。大人の女性である。父親を失ってからどんな人生を送ってきたのだろうか。

「あっ！」

文面に思い当たることがあってまどかは思わず声を上げた。

「どうした？」

「記事のこの部分。『思わずテーブルに置いてあったナイフで刺してしまった』ってところです。ナイフってやっぱり……タンホイザーですかね」

現場は勝時の自宅である。そして勝時はタンホイザーを熱狂的に愛用していた。

「もしそうならこの二つの事件は日付も凶器も、そして被害者の職業も一致するということになるな」

「とにかくカシマ亭事件の凶器について調べてみましょう」

二人は資料を返却すると図書館を飛び出した。


まどかたちが上司である藤沢課長に図書館で調べて分かったことを報告すると「お前たちは引き続き、カシマ亭事件のことを調べてくれ」と指示された。

「カシマ亭の管轄署はどこですか」

「岡田東署だ。先方には私の方から連絡しておく」

「ありがとうございます」

電話を切ると二人はさっそく電車を乗り継いで岡田東署に向かった。室田署より建物の規模は小ぶりだが新築したばかりとあってガラス張りの外観は現代的でどこかの博物館や美術館を思わせた。

「うわあ、カフェテリアですって。うちのサツ食とは大違いですよ」

入口に「カフェテリアはこちら」と案内表示が掲げられている。それにはオープンスタイルの洒脱な店内風景と一緒に彩り美しいカフェ飯のメニュー写真が貼りつけられていた。

羨ましいことに値段も手頃だ。

「ティファニーも名前だけはお洒落なんだけどなあ」

「まあ、味は負けてないと思いますけどね」

いかんせんあの殺風景な店内と味気ない食器類と高価なメニューと無愛想なコックは大きな減点である。もっともそれを補って余りある美味しさではあるが。

エントランスをくぐると長田《おさだ》という年配のスーツ姿の男性が対応してくれた。彼もまどかたちと同じく刑事課所属の刑事だという。互いに名刺交換をして二階の小会議室に通された。室内は新築の匂いがする、すでにデスクの上に段ボール数箱に収められた「カシマ亭事件」のファイルや捜査資料が用意されていた。

「もう十年ですよ。早いものです」

長田は遠い目をして言った。

「鹿島田さんの娘さんは今、どうしているんですか」

「今日香《きょうか》ちゃんはあれから親戚の家に引き取られました。勝時さんのお姉さん夫婦です。養子縁組して娘同然に可愛がって暮らしていると聞きました」

「それはよかったです。九歳で一人ぼっちになっちゃうなんて可哀想《かわいそう》ですもん」

まどかはホッと胸をなで下ろした。小さな心に大きな傷を負ってその後の生活も立ちゆかない。荒《すさ》んだ人生を余儀なくされる遺児も少なくないのだ。

「現場となったあの建物も数年後には買い手がついたようで、本当によかったですよ」

それも娘が今後の人生を生きていく上で大切な資金、なにより父親の遺産だ。そんな話を聞くとこちらも救われた気持ちになる。

「犯人の頼長比斗志は殺人容疑を否認していたようですね」

「強盗殺人なら極刑を免れられませんからね。少しでも罪を軽くしたいと考えたのでしょう。さすがにあれだけ状況証拠が揃《そろ》ってしまうと厳しいですよね」

頼長は殺人容疑について一度は警察で自供しながらも裁判では一転して否認していた。

「それでは捜査資料を拝見させていただきます」

「ごゆっくりどうぞ」

長田はそのまま部屋を出て行った。

それから二人で手分けをして資料をチェックする。当時の現場の写真なども添付されている。被害者である鹿島田勝時の血に染まった生々しい死体が写っていた。

「おい、これ」

高橋が死体に刺さっている凶器を指さした。

「これは間違いなく……タンホイザーですね」

写真付きの報告書には凶器についての詳細が記されていた。もちろんゲッベルス社のタンホイザーであり、勝時が事件の三年前に購入したものだ。

「同じ日付、同じ職業、同じ凶器、そして岡田町。ここまで揃うと偶然の一致とは思えないな」

まどかも同感だ。カシマ亭と花町ドリア。この二つの現場で起きた殺人事件はどこかでつながっているはずだ。

「花町がカシマ亭で勤務していたという経歴はなかったんですかね。例えばずっと以前に短期のバイトで入っていたとか」

「それについてはこちらの資料にリストになっている」

当時の捜査員はカシマ亭に関わったすべての人間を洗っていたようだ。過去の短期バイトを含めた従業員はもちろん、出入りの業者や常連客までリストアップされている。しかしその中に花町の名前はなかった。

まどかは犯人の頼長比斗志に関する調書を読んでみた。

頼長はカシマ亭に勤続七年の調理師だった。両親はすでに他界しており兄弟がおらず親戚とも疎遠だったので天涯孤独の身であった。また交際していた女性もいなかった。

自分の店を出すことが夢だった彼はカシマ亭の味に惚《ほ》れ込み、鹿島田勝時に弟子入りを申し込み受け入れられた。勤務態度は実に真面目で一番に店に出勤して一番遅くに帰宅していた。また勤勉で店主の調理法や食材をチェックしてはノートに書き込んでいた。ただ人づきあいは苦手なようで他の従業員やバイトたちと必要以上に接触することがなかったという。店の労働条件や待遇は良好とはいえず従業員たちは「薄給でコキ使われている」という意識が強いようだった。頼長が「給料の低いわりにレシピや調理法などを教えてもらえない」と不満を漏らしていたという証言もある。実際、彼の給料では近所の安アパートの家賃を支払えばギリギリの生活費しか残らない。知人に少額であるが頻繁に借金をしていたことからそれなりに困窮していたと思われる。家賃の滞納も複数回認められる。それでも彼は自分の夢を叶《かな》えるために日頃の仕事に励んでいた。

勝時は従業員のいないところで事前に料理を仕込んでおくので、使っている調味料やその配分などメニューのレシピが外部に漏れないようになっていた。頼長がレシピを聞こうとしても「お前にはまだ早い」などとはぐらかして教えなかったという。そんな頼長にとって勝時が保管しているというレシピノートは喉から手が出るほどに欲しかったに違いない。また店主に薄給でいいように利用されているのではないかという疑念から彼に対する怨恨が芽生え、殺意が蓄積され実行に至ったのではないかと推測される。

次に頼長の事件当時の証言。

その日は休店日だった。頼長はその日の夜十時頃、コンビニからの帰りにカシマ亭の裏口前を通りかかった。そこは店主の自宅の玄関になっており少し奥まった位置にある。何気なく眺めていたら、扉が開いて勝時が出てきたので反射的に電柱の陰に身を隠した。気配を察知したのか勝時は注意深く周囲を見渡したが、周囲は外灯が乏しく暗いこともあって頼長に気づかなかった。勝時は早足で遠ざかって行ったが扉の鍵をかけ忘れていったようだ。店主の自宅は同じ建物内でも店とはつながっておらず、頼長自身も一度も入ったことがない。普段は鍵が掛かっているので入ることができない。そして店主の娘が親戚の家に泊っているので家の中には誰もいないはずである。頼長は「レシピノートを奪う千載一遇のチャンス」と考えた。

彼は周囲に人がいないことを確認すると速やかに玄関から屋内に侵入した。リビングや書斎を物色してみたがノートを見つけることができなかった。元来小心者である彼は勝時がいつ戻ってくるのかが気になりノートを諦めた。しかしブランドものの腕時計や高価なカメラを見つけたのでそれをポケットに突っ込むと慌てて家の外に出た。窃盗どころか他人の家に不法侵入すらしたことがなかった頼長は相当に気が動転していた。鹿島田家の敷地から飛び出す際に通行人と激突してしまった。相手は尻餅をついたがパニック状態に陥っていた彼はそのままその場を走り去った。その様子を少なくとも他に通行していた三人が目撃している。

　その証言からカシマ亭の従業員である頼長比斗志が上がってくるまでにさほど時間がかからなかった。また鹿島田家のリビングや書斎から頼長の指紋が多数検出された。また彼は一貫して屋内に勝時の姿を一度も認めなかったと主張している。また頼長は勝時が外出したところを見計らって侵入したと主張しているが、もしそれが本当なら勝時が向かった少し先にはコインパーキングがあり、途中迂回路《うかいろ》がないためその前を必ず通過するはずである。しかしコインパーキングに設置された防犯カメラに勝時の姿は映っていなかった。

つまり勝時の外出は頼長の偽証で、彼は勝時の在宅中に押し込んで殺害したと思われる。また玄関扉の鍵穴はピッキングでこじ開けたような痕跡が残っていた。

「嘘《うそ》をつくにしてもこんな無理のある話をでっち上げますかね」

凶器の指紋はきれいに拭き取っているのに部屋には多数の指紋が残されていたとある。犯行は行き当たりばったりで実に稚拙である。

「高橋さんってば……」

高橋の方を見ると彼はファイルを見つめる目を見開きながら口をポカンと開けていた。

「く、國吉、これ見ろ」

「いったいどうしたんですか」

まどかは彼が見ていたファイルに目を通した。それは目撃証言のリストだった。その中に鹿島田家の敷地から飛び出してきた頼長とぶつかって尻餅をついたという男性の証言が記されてあった。その男性の名前を見て思わず立ち上がってしまった。キャスター付きの椅子が勢いで後ろに転がり壁にぶつかって止まった。

「花町泰男じゃないですかっ！」

そうなのだ。頼長とぶつかったのは十年後に殺される花町だったのだ。

「もうつながっているどころの話じゃないぞ。花町を殺した犯人はカシマ亭事件にもなんらかの形で関与しているってことだ！」

高橋が興奮気味にまくし立てた。凶器の出所をたどっていったら思いも寄らぬところに行き着いた。

「鹿島田勝時を殺したのは頼長比斗志。花町の証言は頼長が逮捕される大きなきっかけとなった。そして頼長は殺人を否認しながら拘置所で自殺を遂げる。これによって花町を恨む人間って誰がいますかね」

「うーん、頼長の死を哀しむ人間かな。花町の証言がきっかけで頼長は逮捕されて失意のまま自死を遂げる。頼長を愛してやまない人間ならそんな花町に殺意を抱くかもしれない」

高橋が腕を組みながら天井を見上げた。蛍光灯がバチバチと音を立てながら点滅を始めた。いつの間にか窓の外には夜の帳《とばり》が降りていた。

「頼長は一人息子で事件当時、両親は既に他界していた。親戚とは疎遠だったし恋人も友達もいない。頼長が死んでも悲しむ人間はいなかったはずです。つまりそのことで花町を恨む人間はいなかったと思います」

「だけどこの二つの事件は明らかにつながっている。犯人は間違いなく関係者だ」

「二つの事件に共通する人間ですかね……」

まどかは爪を噛《か》んだ。そこで一つ気になっていたことを思い出した。

「そういえば花町が以前勤務していた岡田町のお店」

「ああ、夏木グリルだったっけ」

「そこの店主が言ってましたよね。花町にはセンスがないと」

夏木グリルの店主は花町泰男はお世辞にも優秀なコックではなかったと証言している。彼にオリジナルメニューを考案させたがあまりにセンスに欠けるためすべて却下したという。そんな花町の経営する花町ドリアが繁盛していることに夏木店主は驚いていたと報告があった。

「それから血の滲《にじ》むような努力をしたんだろう。ど根性でさ」

「はたしてそうでしょうか」

「それってどういう意味だよ……あっ！」

高橋も気づいたようだ。まどかもつい先ほど思い当たったばかりだ。

「レシピノートです。花町はカシマ亭のレシピを盗んだんじゃないでしょうか」

「なるほど、なんらかのルートでノートが花町の手に渡ったということか」

「なんらかのルートどころじゃないかもしれませんよ」

「どういうことだ」

高橋が目をぱちくりとさせた。

「今から現場、カシマ亭に行ってみます」

「だからどういうことだって聞いてるだろ」

「それを今から確認しに行くんです」

まどかはコートを羽織って部屋を飛び出した。


カシマ亭事件の現場は岡田東署からタクシーで十五分ほどの場所にあった。殺人事件の現場という事故物件にもかかわらず店舗にも住居にも明かりがついていた。事件後、店舗兼自宅の建物が数年後に他人の手に渡ったと長田が話していた。

「コートダジュール……フランス料理か」

捜査資料に掲載されていた写真と違って店の外装はきれいにリニューアルされていて、機会があれば一度は入ってみたくなる店構えに変わっていた。窓から覗くと繁盛しているようで満席になっている。しかし建物の構造は以前と変わっていないようだ。

「とりあえず裏口に回りましょう」

二人は裏口に向かった。調書にも記されていた通り、こちらは自宅の玄関になっている。略図にも描かれていたが車一台が通ることができる道路に面して少し奥まったところに玄関の扉が見えた。路面ギリギリに植樹された樹木がちょっとした目隠しになっている。

「それにしても暗いなあ」

高橋が辺りを見回しながら言った。外灯が少ないため光の届かない場所には濃い闇が沈殿している。

まどかは高橋から少し距離を置いて彼に向いた。

「私の顔が見えますか」

「まあ、なんとか見えなくもない。國吉だと分かる程度にはな」

「私も高橋さんとかろうじて分かるくらいには見えます。ただそれはお互いを知っているからですよ」

「そりゃそうだな」

高橋は何を当たり前のことをと言わんばかりの口調だった。

「もしも、私じゃなくて私に似た体型と顔立ちの女性だったらどうですか」

「それなら見間違うかもしれないなあ」

高橋のシルエットが首を傾《かし》げた。

「頼長比斗志は見間違えたんじゃないですかね」

「誰と誰を……ってそっかぁ！」

シルエットは膝を叩いた。音が伝わってくる。

頼長は鹿島田勝時が外出したところを見計らってと証言している。それはそうだろう。ここは当時彼の自宅だったからだ。この暗さで距離が離れていれば相手の顔をはっきりと視認できない。もしその男性が勝時でなかったとしたら。

「調書には勝時の体格が記されてました。身長も体重も花町泰男とほぼ同じです」

「それだけじゃない。顔立ちはともかく髪型も似ていた。きっと花町は十年前も同じ髪型をしていたんだ」

明るいところで見かければ別人であることが判別できたかもしれない。しかし夜の闇と先入観が頼長を誤認させた。

玄関から出てきたのは鹿島田勝時ではなくて花町泰男だったのだ。

「頼長がここの前を通りかかる前に花町は鹿島田邸に侵入します。鍵が掛かっていたのならピッキングで入ったのでしょう」

まどかの脳裏に当時の状況が浮かんでくる。

侵入の目的はもちろんレシピノートだ。花町は同じ岡田町の夏木グリルに勤務していてカシマ亭のことも知っていただろうし、何度か客として訪れていたはずだ。彼も頼長のときと同じく勝時の外出を見計らって侵入したのかもしれない。しかし想定外のアクシデントが起こった。忘れ物に気づいたのかそれは定かではないが、勝時が早い段階で自宅に戻ってきてしまったのだ。部屋を物色していた花町とかち合い揉み合いとなる。パニックに陥った花町は咄嗟《とっさ》にテーブルの上にあったナイフ（タンホイザー）を取って勝時の胸部を刺した。その後、事件の発覚を遅らせるため血痕をきれいに拭き取り、勝時の死体をトイレに隠す。それからレシピノートを見つけ出して家の前を誰も通っていないことを確認してから速やかに離脱した。

その姿を電柱の陰から見ていた男がいた。それが頼長である。彼は勝時の自宅から出てきた花町を勝時だと誤認した。勝時が外出したと勘違いした頼長はレシピノートを奪うため屋内に侵入する。勝時の死体はトイレに隠されているため証言通り気づかなかったのだろう。しかしノートはすでに花町が持ち去っているのでいくら探しても見つかるはずがない。彼は失意のまま金目の高級腕時計やカメラをくすねて現場から離れようとした。

その頃、花町は「本当に勝時は死んだのか」「落とし物はなかったか」と不安に苛《さいな》まれていた。やはり現場のことが気になったのだろう。居ても立ってもいられず彼は現場に戻ってきた。

そこで敷地から飛び出してきた頼長と衝突する。花町は勢いでしたたかに地面に尻餅をつくが、頼長は動揺した様子でその場から逃げ去った。立ち上がった花町が周囲を見回すとその様子を三人の通行人が見ていた。そのうち顔見知りの一人に「大丈夫ですか」と声をかけられている。彼は夏木グリルの常連客だった。

そのとき花町はどんな心境だったろう。ぶつかってきた男性は明らかに気が動転していた。その姿から花町は「勝時の死体を発見したのだ」と確信した。男性は今ごろ、警察に駆け込んでいるだろう。もう観念するしかない……。

しかしそうはならなかった。

警察が花町の元にやって来たのは間もなくだ。彼らは鹿島田邸の前で衝突した男性のことを聞いてきた。どうやら警察はその男性を容疑者とみなしているらしい。

花町は神に感謝したい気分だったろう。どういういきさつか分からないが警察はとんでもない思い違いをしている。目の前にいる真犯人を目撃者だと思い込んでいるのだ。

花町は男の特徴を詳細に伝えた。花町は勝時の体格も髪型も自分とよく似ていると思っただろう。それがすべてを狂わせた発端だと気づいていただろうか。

それから警察がカシマ亭従業員を逮捕するまでにさほど時間がかからなかった。できすぎだと思うほどに彼には動機もあった。そのうち犯行を自供したと新聞で報じられたが、花町はそれが警察に強要されてのことであることを知っている。なぜならこの世の中で自分しか知らない真実は彼の供述とは大きく違っているからだ。

それでも真相が解き明かされるのではないかとヒヤヒヤする生活を送っていたに違いない。しかしその辛苦も思いの外、早く終わった。頼長が自殺したからだ。それによってカシマ亭事件は幕を閉じて、花町は枕を高くして眠ることができる日々を確約された。

「それから数年後、花町はあのレシピノートを使って室田町に花町ドリアをオープンさせたというわけか」

「大人気店の店主が考案した秘伝のレシピですからね。繁盛しないわけがありませんよ。そのノートは宝石や現金なんかよりもはるかに価値のあるものだったんです」

「しかしその花町も殺された……」

高橋が神妙な顔でまどかを見た。

花町を殺したのは誰なのか？


二人は岡田東署に戻った。

小会議室に入ると長田がファイルを整理していた。

「長田さん、お聞きしたいことがあります」

「なんですか？」

彼はファイルを抱えたまままきょとんとした目でまどかを見た。


三月二十四日午後一時。

ティファニーの入口前には花町ドリアに負けず劣らずの行列ができていたが十五分も待つと席に着くことができた。

「おう、今日はドリアかね」

テーブルに挟まれた通路を通りかかった笹塚が声をかけてきた。

「そうなんです。たまにはいいかなと」

「でもドリアなんてメニューにはなかったぞ」

彼は訝しげにドリアを見つめた。

「特別注文なんですよ。私が無理を言って古着屋さんにオファーしたんです」

「ほぉ、あのコックはそんな粋なことをしてくれるのか」

「ああ見えて案外いいところがあるんです。彼の料理はやっぱりすごいですよ。事件を解決に導いちゃうんですから」

「料理が解決に導く……どういうことかね」

笹塚は不思議そうに目を白黒させた。

「その話はいずれさせてもらいます。今日はこれから事情聴取なんです」

「このお嬢さんにかい？」

まどかと高橋に向き合って座る若い女性が笹塚に向かって会釈をした。彼女の前にもドリアが湯気を立てている。

「こちら保坂さんです。花町ドリアでアルバイトをしていました」

「花町ドリアって店主が殺されたあの事件のかい」

「そうです」

「そうか。それは邪魔してはいけないな。早く犯人を捕まえてくれ。あそこのドリアは本当に絶品だった。惜しい人を亡くしたよ」

笹塚はバイバイをしながらそそくさと席を離れていった。保坂は哀しげな目で彼の背中を追っていた。

「保坂さん。今日はご足労いただいちゃって申し訳ありません」

「いえ、そんな……。店主が殺されたんですから……」

彼女は弱々しく首を横に振った。彼女は先日、花町ドリアでランチしたとき給仕してくれたアルバイト店員だ。今は当時のようなとびきりチャーミングな笑顔はみせない。どこか緊張気味である。

「ささ、冷めないうちにどうぞ」

高橋が手を差し出して促した。

「事情聴取でランチをご馳走《ちそう》になるなんて聞いたことがありません」

保坂はスプーンを握りながら料理を見つめた。

「まあ、取調室におけるカツ丼みたいなもんですよ。刑事ドラマであるでしょ」

「高橋さん、今どきのドラマにカツ丼なんてありませんよ」

まどかが苦笑しながらつっこむと保坂は困ったような笑みを浮かべた。

「ドリアなんですね。それも特別注文って言ってましたよね」

「ごめんなさいね。ただここの特注ドリアが美味しいんですよ」

「そうなんですか……」

保坂は小さくうなずきながらドリアを掬《すく》った。そしてそれを口に入れると彼女の瞳がカッと見開かれた。しばらく咀嚼《そしやく》して呑《の》み込むと彼女は顔を強ばらせながら、料理を睨《にら》みつけるように見下ろした。

「どうしたの、保坂さん」

「こ、このドリアは誰が作ったんですか」

「あちらの人よ。巨体のコックさん。古着屋さんっていうの。変わった名前でしょう」

彼女は厨房に向くと、しばらく古着屋から視線を外さなかった。そのうち肩で呼吸するように上下させた。息づかいも荒くなっている。

「彼はどこで修業していたんですか」

「さあ？　私たちもよく知らないのよ。どうしてそんなこと聞くの？」

「い、いえ……このドリアがあまりにうちの黄金比ドリアの味に似てるから」

「パクったのかもね」

「それは無理ですよ。あのレシピは秘伝ですから。簡単に再現できるはずがありません」

「古着屋さんは花町ドリアより自分の方が先だと言っているわ」

「そんなバカなっ！」

保坂はテーブルを叩いた勢いで立ち上がった。皿とコップが跳びはねる。周囲の客たちの視線を集めたがそれは一瞬のことですぐに彼らは皿を舐め回し始めた。

「そ、そ、そんなはずがないわ……そんなことあるわけがない……」

彼女は真っ青な顔をして泣きそうになった。全身がブルブルと震えている。

「もしかして殺す相手を間違えた？」

まどかが言うと保坂はキッとした目を向けた。

「レシピの書かれたノートを盗んだのは実は古着屋さんだったのかも」

まどかは身を乗り出して保坂に顔を近づけた。彼女は青くなった唇を震わせている。白目は真っ赤に充血していた。

「そ、そんなわけないわ……あり得ない！」

「冗談よ。古着屋さんは花町ドリアのレシピを再現しただけ。あの人は絶対味覚の持ち主でどんな料理でも再現できるの。花町ドリアにも行ったことがあるらしいわ。だから味を覚えていたのね。もっとも彼はあなたを見ただけで黄金比ドリアを再現できたでしょうけどね」

保坂は濡《ぬ》れそぼった瞳を小刻みに瞬かせた。

「どういうことなんですか」

「質問するのは私たちの方よ、保坂今日香さん」

まどかが威圧するように声を鋭くすると保坂は観念したように椅子に腰掛けた。

「あなたは親戚である保坂夫妻に引き取られて姓が変わった。旧姓は鹿島田さんよね」

「そうです」

彼女は素直に認めた。保坂は鹿島田勝時の娘、今日香だ。事件当時九歳だった彼女も今では大学生である。

「保坂姓になったあなたは岡田町の実家を離れて若林町《わかばやし》に住むことになる。そして室田大学に合格したあなたは電車を乗り継いで通学を始めた。おそらくそれまで室田町には来たことがなかったのでしょうね」

今日香は小さくうなずいた。

「これも運命でしょうね。あなたは何気なく立ち寄った洋食店で衝撃を受けた。そうでしょ」

「大学に入って間もない頃です。サークルの仲間たちとランチに入った店が花町ドリアです。仲間の一人のオススメだったんです。いくつかあるメニューの中で彼女がイチ推しだという黄金比ドリアを注文しました。それが私の考えたレシピとまったく同じ味だったんです」

「あなたが考えた？」

思いがけない答えにまどかは思わず聞き返した。

「盗まれたレシピノートには私の考案したレシピが書かれていました。あのノートは父と私の共有物だったんです。黄金比の由来となっているチーズの比率は私が見出したものです。そのドリアを食べた父はまだ小学生だった私のことを天才だと言いました。そして近日、そのメニューを店で出す予定だったんです……」

しかし事件が起きた。娘の考案したドリアはテーブルに並ぶことがなかった。今日香は声を震わせながら続けた。

「それとまったく同じドリアが花町ドリアで出されました。レシピノートを見た人でなければ知りようがないはずです。つまり店主はレシピノートを見たということになる。私はあの花町泰男のことを調べました。すぐに気づきましたよ。あの男が頼長比斗志と衝突した目撃者だと。花町の証言で頼長は逮捕され、やがては彼に死をもたらした」

それから今日香は自分なりの推理を開陳した。それはまどかが昨夜導き出した推理とほぼ同じだった。

「カシマ亭事件は冤罪《えんざい》の可能性が高いわ」

まどかが静かに告げると今日香の瞼《まぶた》から涙がこぼれ落ちた。

「それまで私はずっと頼長さんのことを憎んできた。呪ってきた。罵ってきた！」

彼女は拳骨《げんこつ》を自分の胸に激しく叩きつけた。自らの心臓を壊してしまうかのように。

「まだそれは可能性に過ぎないわ。確定したわけじゃない」

「だけどそう解釈しないと花町がレシピを知っている筋が通らないもの……。父を殺したのは花町。頼長さんは無実なの」

まどかは立ち上がって今日香の元に駆け寄ると崩れそうになる彼女の体を抱きしめた。

高橋は目を潤ませながら二人を見つめている。厨房に立つ古着屋と目が合った。彼は一回だけ小さくうなずいた。まどかも彼に向かってうなずき返した。

「花町泰男を殺したのはあなたなのね」

今日香はまどかの胸に顔を埋《うず》めながら「はい」とはっきりと答えた。

「鹿島田勝時さん、あなたのお父さんの十年目の命日に、お父さんが愛用していたナイフで復讐《ふくしゅう》したのよね」

「はい」

彼女は父親が愛用していた数本のタンホイザーを形見としていた。そのうち一本を凶器にしたのだ。出所がわからないようシリアルナンバーを削り取ったのも彼女だ。

「それで悔いはないの」

「……」

彼女の体は震えていた。怒り、憎しみ、哀しみ、後悔、そして恐怖。さまざまな感情が彼女の熱い体温とともに伝わってくる。まだ若い彼女はどんな気持ちでこれからの人生と向き合っていかなければならないのだろう。悲劇的な被害者が二つの加害者に変わる。一つは無実の人を憎み、もう一つは他人の命を奪った。だったら誰が彼女の気持ちを癒やせたと言うのか。警察の杜撰《ずさん》な捜査が彼女に破滅的な悲劇をもたらした。十年前、捜査員たちが先入観にとらわれず適正な捜査をしていればこんなことにはならなかったかもしれないのだ。

今日香は顔をまどかの胸に押しつけたまま声を殺して泣いていた。涙が湿り気となってシャツを通して伝わってくる。

まどかはただひたすらに彼女を抱きしめるしかなかった。

四月中旬に入ってすっかりと冬の気配が遠ざかった。桜はほとんど散ってしまったが散歩をするには心地よい陽気である。しかしこれもあと三ヶ月もすれば外回りが地獄になる夏がやって来ると思うとうんざりだ。まさに刑事泣かせの季節である。靴の踵《かかと》をどれだけすり減らしたかで刑事の価値は決まると刑事ドラマで誰かが言っていたが、女の子の靴は高いし修理代だってバカにならないのだ。さらに都心は美味しいランチの店が多すぎる。それだけランチ代がかかる。働く女子の靴代とランチ代は経費扱いにするべきである、と声を大にして言いたい。

今日もティファニーは繁盛していた。

『警察食堂にエル・ブリの再来！』

笹塚のレビューが先週のグルメ雑誌に掲載されたこともあって入口の前は長蛇の列である。列は階段からエントランスを越えて駐車場の方まで伸びている。さすがにそれでは警察業務に支障を来《きた》すので入場制限がかけられるほどになった。署員たちがエントランスから外に伸びている行列を離れた場所に誘導している。しかしそれも一時しのぎにすぎない。なぜなら客足は日に日に増えているからだ。古着屋の料理を一度口にすれば誰だって虜《とりこ》になってしまう。

自殺願望者だって彼の料理を食べれば自殺を思い止《とど》まるだろう。こんな美味しいものを食べられる世の中を去るにはまだ早いと。

「古着屋さん」

午後四時。まどかはティファニーに立ち寄って閉店後の後片付けをしている彼に声をかけた。

「今、忙しいんだ」

相変わらず愛想も愛嬌《あいきょう》も素っ気もない。

「いつも美味しいものご馳走になっているからお礼にと思って」

まどかは保温性のあるランチバッグを開くと中からタッパーウェアを取りだした。

「なんだ、それは」

まどかは蓋を開いた。

「見ての通り肉じゃがです」

「あんたが作ったんじゃないな」

「分かりますか」

「あんたの作る肉じゃがはみりんが利きすぎている。こんなに美味くないだろう」

「私の肉じゃがなんて見たことも食べたこともないくせに」

そもそも料理なんて滅多にしないのだ。

このコックはまどかの肉じゃがの味を知っている……いや、感じているのだ。

「それを作ったヤツがどうかしたのか」

古着屋は腫れぼったい瞼を細めた。まどかがここを訪れたのはもちろん捜査のためだ。

そして古着屋もそれを察している。

「今朝、六丁目でおじいさんの死体が見つかりました」

まどかは状況を説明した。

その老人は認知症だった。死因は心不全。営業で家々を回っていた訪問販売員が発見したという。高齢の妻が同居人であるが行方不明である。その部屋の冷蔵庫に残されていたのがこの肉じゃがだ。失踪した妻が作ったものだろう。警察は事件と事故、両面から捜査を始めている。

「それでどうして肉じゃがなんだ」

「奥さんがどんな思いでこれを作ったのか知りたいんです」

それで妻の居所が分かるかもしれない。詳しいことは彼女が知っているに違いないのだ。

古着屋はやれやれといった様子でため息をつくとフォークを取り出して容器から一口分掬った。そしておもむろに口の中に入れる。

「どうですか」

彼は目を閉じて咀嚼をしている。

「捜すだけ無駄だ」

古着屋は重そうな瞼を開くと首を左右に振った。

「ど、どういうことですか」

「おそらくもうこの世にはいない」

「死んだってことですか⁉」

「この肉じゃがはそういう味がする」

「死の味ですか……」

「そうじゃない。強い覚悟だ。それはどうやら揺るぎないもののようだ」

介護に疲弊し絶望した妻がする覚悟……それは夫を見捨てて自分が先立つこと。

まどかは全身の力が抜けて椅子に座り込んだ。古着屋はそんなまどかを一瞥《いちべつ》すると厨房に向かった。

「古着屋さん」

「今、忙しいと言っているだろう」

「あなたは一体何者なんですか」

まどかは厨房に立つ巨体を睨みつけた。

「ただのコックだ」

古着屋は無表情のまま答えた。

本書は、弊社PR雑誌「ランティエ」の二〇一六年三月号から二〇一六年五月号に掲載された連載原稿に大幅に書き下ろしを加えて、オリジナル文庫として刊行されました。

Haruki Bunko
ハルキ文庫

な 14-1

ティファニーで昼食《ちゅうしょく》を ランチ刑事《デカ》の事件簿《じけんぼ》

著者 七尾与史《ななおよし》

2016年5月18日第一刷発行

発行者 角川春樹

発行所 株式会社角川春樹事務所
〒102-0074 東京都千代田区九段南2-1-30 イタリア文化会館

電話 03(3263)5247(編集)
03(3263)5881(営業)

印刷・製本 中央精版印刷株式会社

フォーマット・デザイン 芦澤泰偉
表紙イラストレーション 門坂 流

ISBN978-4-7584-4002-8 C0193 ©2016 Yoshi Nanao Printed in Japan
http://www.kadokawaharuki.co.jp/[営業]
fanmail@kadokawaharuki.co.jp[編集] ご意見・ご感想をお寄せください。